徳 間 文 庫

若殿八方破れ

姫路の恨み木《も》綿《めん》

鈴 木 英 治

徳 間 書 店

目次

第一章　矢文立つ

一

日だまりができている。

障子越しに射《さ》し込む光は、初夏らしくずいぶんと明るい。

せっかくの天気だというのに、おきみが暗い顔をしていた。

「どうした、おきみ」

茶の入った湯飲みを手に、真田俊介《さなだしゅんすけ》は優しく声をかけた。きちんと正座をしているおきみが俊介を見上げ、やせた両肩を縮める。

「あたしのせいで遅れちゃったから」

いかにもすまなそうな顔になる。

「出立のことか。なに、気にすることはない。まだまだ先は長い。今朝の遅れなど、遅れのうちに入らぬ」

俊介は、殺された家臣の仇《かたき》を討つために九州久留米《くるめ》を目指す旅の途上にいる。これまでの道中、常に七つ立ちを繰り返してきたために、おきみには長旅の疲れがあらわになってきており、今朝はなかなか目を覚まさなかった。

七つ少し前に、頼んでおいた握り飯が旅籠《はたご》から供され、いつでも出立できる態勢がととのったが、ぐっすりと眠っているのを無理に起こすのもかわいそうで、俊介や供の海原伝兵衛《かいばらでんべえ》、皆川仁八郎《みながわじんぱちろう》はそのままおきみを寝かせておいたのである。

おきみが目を覚ましたのは、明け六つを少し過ぎた頃だった。

まわりが明るくなっていることを知り、おきみは驚いていたが、ちょうど朝餉《あさげ》の刻限になったこともあり、おきみの布団が敷かれたままの部屋で俊介たちは、この先、街道のどこかで腹に入れるはずだった握り飯を食した。

江戸とは異なり、米は五分づきほどの玄米だったが、炊き方にこつがあるのか、ぼそぼそとした感じはなく、塩味もほどよくきいていて実にうまかった。

「よいか、おきみ。これが遅れのうちに入らぬというのは、そなたを慰めるために、いうのではないぞ。本心だ」

湯飲みを畳に置いた俊介は真摯《しんし》に語りかけた。すでに刻限は六つ半をまわっているが、まったく気にしていない。

長い旅なのだから、こういう日もあるのは当たり前なのだ。むしろ、なにもないほうがおかしい。

旅程が思う通りに進んでゆくことなど、滅多にあることではなく、もしうまくいきすぎるようなことがあれば、悪いことが起きる前兆なのではないかとすら、今は考えるようになっている。無理をして、体を壊されるほうがよほど怖い。

「おきみ、握り飯はどうだった」

俊介はにこりと笑いかけた。おきみがうれしそうに笑い返す。

「とてもおいしかった。玄米って、白いご飯よりおいしいかもしれないね。これまで何度かそういうふうに思ったよ」

「そうか。白い飯が恋しくはないか」

「今は全然だよ。最初の頃は、玄米なんて初めてで、食べた途端、目がまん丸になっちゃったけど」

六歳のおきみは江戸で生まれ育った。この旅に出るまで江戸を離れたことはなく、玄米を食べることがなかったのも当然である。

「おきみ、ここにお弁当がついておるぞ」

伝兵衛が自らの唇の端を手で示す。

「ここ」

おきみが指先でご飯粒に触れようとする。

「反対だ」

「こっちか」

おきみが指についた一粒のご飯をそっとなめた。にっこりとする。

「ああ、おいしい」

おきみのそんな仕草を見ているだけで、心が解きほぐされる。

「さあ、まいろうか」

振り分け荷物を手に部屋を出た俊介たちは階段を降り、広々とした土間に出た。

すでに他の旅人は出立したあとだ。しっかりと叩き固められ、三和土《たたき》と呼ぶにふさわしい土間は閑散としている。

奥にいたあるじと番頭が、にこやかな笑みを浮かべて寄ってきた。

「ゆっくりとお休みになりましたか」

あるじの儀右衛門《ぎえもん》は、最後に腹を立てたのはいつなのだろうかと勘繰りたくなるほど温厚そうな顔つきをしており、旅籠という商売にはいかにも向いている様子である。

儀右衛門よりも幾分か若い番頭もあるじの影響を受けているのか、篤実そうな人柄が面《おもて》にあらわれている。

「うむ、よく眠れた」

俊介は笑顔で答えた。

「寝過ぎて、こんな刻限になっちゃった」

おきみがぺろりと舌を出す。

「たまには、のんびりと出立されるのも、よろしいかと存じますよ」

「あるじ、世話になった。とても居心地のよい宿であった。心から礼をいう」

俊介は丁重に礼を述べた。伝兵衛と仁八郎も頭を下げる。

「いえ、そんなもったいない」

儀右衛門があわてて顔を上げるようにいい、仕草でも示す。

「手前どもは、当然のことをしたまででございます」

「その当然ができぬ宿が多くてのう」

伝兵衛が苦々しげに口にする。すぐに表情をゆるめた。

「このようなざまでよく客商売がつとまるものよ、と思わされるところがほとんどのなか、この宿はまこと、見事だった。建物はちと古いが、それだって風情を感じる。布団は日に当てられ、海鮮をはじめとした食事もことのほかうまく、湯もきれいだった。このような宿は長く生きていて初めてよ。それがし、ほとほと感服した。播州明石《あかし》宿の飴《あめ》屋のことは、終生忘れぬであろう」

「まことありがたいお言葉でございます」

儀右衛門が深々とこうべを垂れる。番頭も同じ姿勢を取った。

儀右衛門が顔を上げた。

「これからも、お客さまのお褒めにあずかれるような宿でいたいと存じます」

伝兵衛が満足そうにうなずく。

「ところで、昨夜《ゆうべ》出た吸い物はなにかの。実に美味だったが、あれは鯛《たい》かの」

「はい、さようにございます。鯛のあらでだしを取り、塩と少量の醤油で味付けした汁に鯛の切り身を入れたものにございます」

俊介も、あれはうまいと思ったし、そのことを伝兵衛たちと食しながらいい合ったものだ。だが、おきみだけが不思議そうにしていた。おきみは、あまりおいしくない、といったのである。

まだ幼いから大人と味覚が異なるということもあるのだろうが、長いこと一緒に旅をしてきておきみがしっかりとした舌を持っていることははっきりしており、俊介としては少し納得がいかなかった。

「飴屋という珍しい名の由来は」

これは仁八郎がきいた。

「ここ飴屋は手前で二十五代目になるのでございますが、旅籠の前は飴を売っていたのでございます」

慣れたものなのか、儀右衛門がはきはきと答える。

「深田飴と申しまして、たいそう評判のよい飴だったそうで、この界隈で飴屋といえばうちのことを指すほど人々にかわいがられていたそうでございます。その深田飴の売上を元手に、十代目が旅籠をはじめまして、その際、飴屋という名をそのまま使うことにしたそうでございます」

なるほどな、と仁八郎がいった。

「今はその深田飴はつくっておらぬのか」

「こちらでは、もうつくっておりませんが、分家のほうで受け継いでございます。同じ西国街道沿いに店がございます。口に含むと甘くてほんのりとよい香りが立ちのぼり、おいしゅうございます。お侍《さむらい》方は、これから九州に向かわれるのでございましたね。でしたら、通り道でございますよ」

「ならば、寄ってみよう」

俊介はいって、仁八郎にうなずきかけた。その言葉を聞いて伝兵衛がにこにこし、おきみが白い歯を見せた。

この二人は甘いものに目がない。ここまでやってくるあいだも、砂糖や蜜が使われている土地の名物は欠かさず食してきた。そのたびに、こんなおいしい物をおっかさんにも食べさせてあげたい、とおきみは口癖のようにいうのだった。

俊介たちはあらためて礼をいって、振り分け荷物を肩に担ぎ、飴屋を出た。

儀右衛門や番頭、女中たちが顔をそろえて見送りに出、またおいでください、と名残《なごり》惜しそうにいう。それが建前ではなく本心からであるように思え、そのことが旅の身にことのほかしみた。

西国街道を歩き出した俊介たちは手を振り、儀右衛門たちとの別れを惜しんだ。

「よい宿であったな」

街道を見据えて俊介はいった。

「はっ、帰りにまた寄りたいものでござる」

海がすぐそばということもあり、明石宿は潮の香りに満ちていた。今日は天気がよく、きらきらと光をはね返している瀬戸内に、大きな島が一つ望める。

「あれはなんて島なの」

おきみが指をさし、伝兵衛にきく。

「うむ。あれは淡路島であろうな」

「あわじ島か。とても大きいね」

「確か、瀬戸内では一番大きいのではないかな。なにしろあの島で一つの国じゃからの。石高は、八万一千石ほどあるはずじゃ。よその国にくらべたら小さいが、島としてはたいしたものじゃぞ」

「どこのお殿さまの領地なの」

「蜂須賀《はちすか》さまだ。知っておるか」

「うん、珍しい名字だから覚えているわ。あまり大きな声ではいえないけれど、もともと野伏《のぶせ》りだったって噂のあるお家ね」

「うむ、おきみ坊、そのことはいってはならぬぞ。蜂須賀さまは認めておられぬし、実際のところ本当に野伏りだったか、定かではないのじゃからの」

「うん、わかったわ。――伝兵衛さん、あっちの島はなんていうの」

おきみが指さす。淡路島の右側、少し遠くに島が見えている。やや霞《かす》みがかっているが、初夏の日を浴びて木々が黄緑色を濃く映じている。小島というほどの島でなく、かなり大きい島であるのは確かだろう。

「あれは小豆島じゃな」

伝兵衛が断言する。

「淡路島と小豆島の向こう側には、四国があるんじゃぞ」

「へえ、四国か。伝兵衛さんは、四つの国、全部いえる」

「いえるさ」

伝兵衛は自信満々に顎《あご》を引く。

「阿波踊りの阿波国――先ほど話に出た蜂須賀さまの本国じゃな。それに、金比羅さまで名のある讃岐《さぬき》国、道後温泉が有名な伊予国、あと一つは土佐国なんじゃが……」

伝兵衛が顔をしかめる。

おきみがたずねる。

「土佐にはほかの国みたいに、名の知られたものはないの」

「きっとあるのじゃろう。いや、あるにちがいない。だが、土佐国の人には申し訳ないが、わしは思いつかぬの。殿さまは、山内《やまうち》さまじゃの。初代の一豊《かずとよ》公がつとに知られておる。一豊公の奥方が、とにかくえらかったという話もあるがの」

「それならあたしも知ってるわ。ずっと大事にしていた十両という大金を、一豊公がほしがった名馬を買うために、ここぞとばかりに差し上げたのよね。そのおかげで、織田信長《おだのぶなが》公の馬揃《うまぞろ》えのとき、一豊公は信長公に自分の乗り馬をほめられ、見事に面目を施したという話だったわ」

「うむ、その通りじゃ。おきみ坊、その若さなのによく知っているのう」

「うん、おとっつぁんがそういう話が好きで、よく話してくれたの」

おきみが視線を落とす。くりっとした目に翳《かげ》が差している。

おきみの父親の時三郎《ときさぶろう》は腕のよい錺《かざり》職人だったのだが、自身のつくった簪《かんざし》に絡んだ事件で殺されてしまった。おきみの母親のおはまが捕まったのだが、俊介は濡衣《ぬれぎぬ》を着せられたのだと確信し、探索を開始してものの見事に真犯人を捕らえた。

その事件をきっかけに、俊介はおきみと知り合うことになったのである。

「おっかさん、どうしているかな」

空を見上げて、おきみがつぶやく。

「悪くなっていなければよいけど」

「大丈夫じゃよ」

伝兵衛がすぐさま慰める。

「おきみはよい子じゃ。なにしろおっかさんの薬を手に入れるために、まだ六歳の身空で長崎まで行こうというのじゃから。善行を積む者に、きっと神さまはほほえんでくれる。それは昔から決まっておることじゃ」

おきみの母親は肝の臓が病に冒され、それは命に関わるものだった。病を治すには、できるだけ早く著効のある薬を処方する以外、手立てがない。その病にひじょうに効果のある薬は芽銘桂真散《がめいけいしんさん》といい、江戸で取り寄せることもできるのだが、それよりも長崎に行って入手するほうがずっと時がかからないのがわかった。そのためにおきみは、家臣の仇を討とうと筑後《ちくご》久留米に赴く俊介についてきたのである。

旅籠の飴屋を出て西国街道を二町ほど進んだ右手に、深田飴、と記された看板が出ていた。間口一間《けん》ばかりの小さな店である。俊介たちは、槙村《まきむら》屋と染め抜かれた暖簾《のれん》を払い、甘い香りが漂う店内に足を踏み入れた。

深田飴は黒糖を使った黒飴だった。ほおずきほどの大きさの丸玉だが、口に含んでみると深いこくがあり、ほどよい甘みが舌の上をじんわりと転がってゆく。

「これはよい。疲れがすうーと抜けてゆく」

俊介はふう、と大きく息をついた。ほんのりとした甘さに、体が生き返る気分である。

「まったくでござる。気持ちが新たになったような感じにござる」

伝兵衛はほとほと感心したという顔だ。

「それがしは、これからも旅を続けられる心持ちになりもうした」

仁八郎が笑みを浮かべていい、おきみが、うんうんと大きくうなずいた。

「ありがとうございます」

店主がうれしそうに辞儀する。

「そうおっしゃっていただくと、これからも商売を続けられる心持ちになります」

俊介たちは十個入りの袋を二つ買い、旅の供とした。

西国街道は東海道並みとはいわないものの、大勢の旅人でにぎわっている。陽《ひ》射《ざ》しはやや厳しく、汗はかなりかいているが、風がさわやかで、歩くのには今が最もちょうどいい季節ではあるまいか。

不意に、背後から悲鳴が聞こえた。振り返ると、一頭の馬が駆けてくるのが見えた。暴れ馬かと思ったが、そうではなく、早馬のようだ。

　あわてた旅人たちが次々に道をあけてゆくなかを、早馬はまっすぐ走ってくる。俊介はおきみの手を引き、道の端によけた。伝兵衛と仁八郎が俊介たちをかばうように前に立つ。

　どどど、と地響きを立てて馬が近づいてきた。太い四本の足とたくましい胴体が俊介たちの眼前を行く。そのとき、地面がかすかに揺れているのを俊介は感じた。馬が通り過ぎたあとはもうもうと土埃《つちぼこり》が立ち、そのなかには獣臭さが混じっていた。

　今の早馬は、侍ではなく町人が乗っていた。

「飛脚便かな」

　俊介はつぶやいた。江戸と京都とのあいだを三日足らずで行く飛脚は馬を用いるというが、ここは西国街道であるにしろ、今の早馬もその類《たぐい》なのではあるまいか。

　それにしても、いったいどこからどこまで行くのか。距離にもよるのだろうが、相当の代がかかるだろう。

それから半刻ほどたった頃、俊介たちは広々とした場所に出た。

風がこれまでとは比べものにならないほど、強く吹き抜けてゆく。初夏の太陽にさらされ続けた体から汗がすっと引いてゆくのがわかり、心地よいことこの上ない。

「すごく景色のよいところね」

胸を大きく張って、おきみが感嘆の声を上げる。

「こんな景色を見たの、あたし、初めてよ。名所なのかしら。やっぱり旅っていいわねえ。今度、必ずおっかさんと来ようっと」

あたりはどこまでも平坦で、原っぱと田畑、それに百姓家以外に目に入るものはほとんどない。遠く西のほうに、わずかに山塊が望めるにすぎない。視界をさえぎるものがまったくなく、壮大という一言がぴったりである。

「名所なのかどうか、おそらくここは播磨《はりま》原というように思うんじゃが……」

伝兵衛が景色を眺め渡していう。

「播磨原ならば、この日の本の国で三本の指に入る原っぱと聞いたことがあるのう」

「へえ、三本の指か。そのくらいいっても、おかしくない景色だわ。伝兵衛さん、あとの二つはどこなの」

「それが、わしの知識は中途半端でな、知らぬのじゃ」

「そう、残念ね」

おきみが俊介に目を向けてきた。

「俺も知らぬ」

おきみが仁八郎を見て、すぐ首を横に振った。

「仁八郎さんが知っているわけ、ないよね」

仁八郎が苦笑いをこぼす。

「うむ、その通りだ。俺は剣術しか能がないゆえ。ただし、三つのうち一つは武《む》蔵《さし》国にあると聞いたことがある。そいつは武蔵野原というはずだ」

「武蔵野原。武蔵国ということは、江戸の近くなの」

「多分、そう遠くではないだろう。興味がないゆえ調べたことがないから、武蔵国のどこにあるのか、わからぬのだが」

「今度江戸に帰ったら、あたし調べてみるわ。そして、おっかさんと行ってみようかしら」

「うむ、そいつはいいな」

俊介はいって、顔をほころばせた。

「弁当を広げて食べたら、さぞうまかろう」

「うん、あたしもそのつもりだったの。そのときは俊介さんたちも必ず来てね」

「ああ、そうさせてもらおう」

俊介が笑顔で顎を縦に動かした。

「それにしても播磨国、武蔵国のほかにあと一つ、どこにあるのかしら。気になるから、これも江戸に帰ったら調べてみよう」

おきみが一人つぶやいたとき、てめえっ、という怒声が大気を裂いて聞こえてきた。俊介たちはいっせいに顔を向けた。

半町ばかり先の街道沿いに七、八軒の家が建って小さな集落を形づくっているが、その最も手前に幟《のぼり》が風にひるがえっているのは、茶店があるからだろう。怒声はどうやら、そこから聞こえてきたようだ。

怒鳴り声だけでなく、食器が割れるような音も響いてきた。女の悲鳴も耳に届く。

「なにがあったのかしら」

おきみが不安げに瞳を曇らせる。

「行ってみよう」

俊介はいうや、振り分け荷物が落ちないようにがっちりとつかんで走り出した。

「俊介どの」

俊介の警護役をつとめている仁八郎があわてて追いかけてきて、すっと前に出た。

「俊介どの、狙われている御身であることをお忘れなく」

「ああ、そうであった」

尾張名古屋の近くで鉄砲に狙われた恐怖は、やはり根強く心に残っている。しかし今は、女の悲鳴に我を忘れてしまった。

——こんなことではいかん。

俊介は自らを戒めた。もし今、仁八郎が前に立つよりも先に鉄砲が放たれていたら、命はなかっただろう。

もっとも俊介には、仁八郎に盾になってもらおうという気持ちはない。仁八郎を死なせて自分が生きようなどと、これっぽっちも思っていない。

俊介たちは茶店に駆けつけた。

一見してやくざ者とわかる連中が、狼藉《ろうぜき》をはたらいていた。いくつもの縁台がひっくり返され、割れた茶碗や皿のかけらがあたりに散乱している。すだれも倒され、踏みにじられていた。茶店は、嵐の直撃を受けたようなありさまだ。

一つだけ無事な縁台に、若くてやせた男が腰かけ、力なくうつむいている。やくざ者の一人が、ひょろりとした年寄りの襟元を締め上げ、なにごとかすごんでいた。

「腐った饅頭《まんじゅう》と団子を出しやがって。おかげで腹痛を起こしちまったぜ。とっとと薬代を払いやがれ」

苦しげに顔をゆがめている年寄りは、茶店の亭主のようだ。かたわらで看板娘らしい若い女が足をがくがくさせて立ちすくんでいる。目を真っ赤に腫《は》らし、頬《ほお》が涙で濡れていた。なんとかしたいが、できない。表情がそう物語っていた。

すでに大勢の旅人が野次馬となり、足を止めて見入っていた。

やくざ者が亭主を殴りつけようと、拳《こぶし》を高々とかざす。その手がぴたりと止まった。どうして手が動かなくなったのか、やくざ者が不思議そうに振り返る。

「お侍、なにをされているんですかい」

口調はていねいだが、火が出るような目で俊介をにらみつけてきた。

「いい若い者が年寄りに乱暴するなど、人としてするべきことではない」

「なにをえらそうにいってやがんでえ」

叫ぶようにいって、やくざ者ががっちりと握られた腕を振り放そうとする。だが、腕はやくざ者の自由にならない。

俊介は逆にその腕をねじり上げた。いててて、とだらしない声を出してやくざ者が体をねじ曲げる。自然に年寄りから手が離れた。

年寄りがよたよたと歩いたところを、おじいちゃんといって看板娘が横から支える。伝兵衛とおきみが年寄りと看板娘に駆け寄った。

俊介は、さっとやくざ者の手を放した。やくざ者は足が引っかかったかのように地面に転がりそうになったが、たたらを踏んでなんとかこらえた。

「邪魔立てする気ですかい」

別のやくざ者が俊介の前に立ち、凶暴そうな目を据える。頭は総髪にしているが、額が極端に狭いために、どこか猿を思わせる顔立ちである。

仁八郎が前に出ようとしたが、俊介はそれを制し、目の前の男を見つめ返した。

「腐った饅頭と団子を食べた割には、そなたら、ずいぶんと元気だな。俺には、そなたらが店の者に因縁をつけて金を脅し取ろうとしているようにしか見えぬ」

「あっしら全員が、饅頭と団子を食べたわけじゃないんですぜ」

「ええ、そいつのいう通りですぜ」

他のやくざ者を押しのけるように、一人の肥えた男が前に出てきた。牛のような巨体で、一歩踏み出すのも大儀そうだ。

その肥えたやくざ者が、太い指をすうと伸ばした。指の先にあるのは、一つだけ無事な縁台に力なく座り込んでいる若い男である。その男が顔を上げて俊介を見たが、病人のように青い顔をしていた。

「そいつは、ここの饅頭と団子を食べて、腹痛《はらいた》を起こしたんですよ」

肥えたやくざ者は、上下のまぶたがくっついているようにしか見えない細い目をしているが、歳《とし》は他の者よりいっており、ふてぶてしさや貫禄も比べものにならない。この男が、このなかでは最も上の者かもしれない。

　そうか、と俊介は軽い口調でいった。

「その男も仲間だったのか。ふむ、全部で七人ということだな」

　俊介は七人のやくざ者を見回した。どれもけだもののような顔をしているが、本当に腕に覚えのある者はいない。威勢と運だけで世を渡ってきたような者ばかりだ。

「どれ、その饅頭と団子はまだ残っているようだな。俺が食してみよう」

　いうや俊介は、若いやくざ者の座る縁台に近づいた。饅頭と団子の皿が一つずつのっている。皿に饅頭が二つに、みたらし団子が一本、残っている。

　肥えたやくざ者が、わずかに目を見ひらいた。まぶたのあいだから黒目がのぞいたが、そこには怒りの炎が立ち上がっていた。全身から怒気が発せられている。

「お侍、あくまでもあっしらの邪魔をする気ですかい」

「邪魔などではないさ」

　俊介は明快にいい切った。

「俺は正義を行おうとしているだけだ」

「正義なんかじゃ、おまんまを食っていけませんぜ」

「そなた、清貧という言葉を知らぬようだな」

「いや、よく知ってますぜ」

肥えたやくざ者が道に向かって唾《つば》を吐く。

「あっしの一番きらいな言葉だ」

肥えたやくざ者がほかの者を振り返る。

「この思い上がった侍に、ちいと思い知らせてやりな」

おう、と全員が喊声《かんせい》を上げ、懐《ふところ》にのんでいた匕首《あいくち》を抜いて、いっせいに俊介に殺到してきた。縁台に座り込んでいた若い男もいつしか立ち上がっており、匕首を手に突進してきている。街道にたむろしている野次馬たちから悲鳴が上がり、どよめきが起きた。

俊介をかばうように、仁八郎がずいと前に出た。伝兵衛は茶店の亭主と看板娘のそばに立ち、おきみの手をかたく握っている。

やくざ者たちは、先に仁八郎を血祭りに上げてしまえとばかりに匕首を振りかざし、突っ込んできた。

仁八郎は無造作にやくざたちに相対し、襲いくる匕首をよけるでもなく手刀を振るい、男たちの首筋や顎、肩に的確な打撃を加えてゆく。

びし、ばし、どす、と鈍い音がほんの数瞬のあいだに次々と響き渡った。

再び静寂のとばりが降りて、思い出したように風が吹きはじめたときには、七人のやくざ者は地に這《は》いつくばって、虫も同然の身動きをしていた。静謐《せいひつ》の幕をたなびかすのは吹き渡る風の音と、いくつかのうめき声、それに野次馬たちから漏れる嘆声だけである。おっそろしく強いお侍だねえ、名のあるお方じゃないのか、という声も聞こえてきた。

肥えたやくざ者も、苦しげに地面に顔を埋《うず》めていた。歯を食いしばり、なんとか立ち上がろうとしているが、体に力が入らないようで、ひどく難儀している。

歩み寄った俊介は手を貸し、助け起こしてやった。肥えたやくざ者が、俊介を信じられないという目で見る。

「そなた、名は」

俊介は穏やかにたずねた。

「へ、へい。島造《しまぞう》と申しやす」

島造、と俊介は優しく呼びかけた。

「よいか、これを最後に悪行をはたらくのはやめることだ。天は俺たちのことを余さず見ているゆえ、悪さをすれば必ず報いがある。わかったな」

諄々《じゅんじゅん》といい聞かせた。島造がたるんだ顎を上下に動かす。

「わ、わかりやした」

「それでよい。これより手下たちを連れて、早く家に帰れ。皆、大丈夫そうだ。医者の手当はいらぬだろう」

仁八郎が相当手加減したのはわかっている。残りの六人のやくざたちは、顔を横に振ったり、首や頭を押さえたりしながら、ふらふらと立ち上がっている。仁八郎を見る目に、恐れとおびえの色が濃くあらわれている。

「へ、へい。わかりやした」

「ああ、島造、その前に金を出せ」

「えっ」

島造が、どうしてそんなことをいい出すのか、という顔をする。

「茶店はこのありさまだ。そなたが修繕の代を払わぬわけにはいかんだろう」

「ああ、はい。わかりました」

島造が素直に応ずる。まるでよくなついた馬のような目で、畏敬の色が深く刻まれていた。急いで懐から財布を取り出し、島造が二朱銀をつかみだした。全部で二十四枚ある。ちょうど三両だ。

「これで足りましょうか」

「うむ、十分だろう」

俊介は受け取り、あらためて島造にこの場を去るようにいった。

はい、と島造がうやうやしく頭を下げたが、すぐに顔を上げておずおずときく。

「あの、一つうかがってよろしいですかい」

「なんでもきくがよい。遠慮はいらぬ」

島造がなにを知りたいのか、察しはついたが、俊介は鷹揚《おうよう》にいった。

「お侍は、いったいどなたさまでございますかい」

案の定の問いである。だが、ここで身分を明かすわけにはいかない。島造には悪いなと思いつつ、俊介はこうきかれたときに必ずする答えを返した。

「なに、名乗るほどの者ではない。どこにでもいる侍の一人だ」

島造がいぶかしげに見る。

「でも、あっしには、お侍がやんごとないお方に思えてならないのですけどねえ」

ふふ、と俊介は笑いを漏らした。

「やんごとないか。大袈裟《おおげさ》だな。俺もそなたも同じ人間ではないか。俺たちのあいだには、なんの変わりもないぞ」

「はあ、さようでございますか」

島造は納得しがたいという顔つきだ。

「島造、早く行くがよい」

「はい、わかりました」

俊介にうながされて、名残惜しそうに島造が他の六人に合図し、自らは深く腰を折った。もう一度俊介の顔を振り仰ぎ、一礼してから街道を歩きはじめる。他の男たちがすぐさまうしろに続いた。

茶店のそばに集まっていた野次馬たちも、散りはじめた。だが、なかにはまだなにかあるのではないかと思っているのか、居残っている者が何人かいる。身なりからして、土地の者のようだ。

「大丈夫か。怪我はないか」

　俊介は茶店の亭主と看板娘に向き直って、声をかけた。

「はい、おかげさまでなんともございません」

　亭主がていねいに辞儀する。看板娘も深々と頭を下げた。

「祖父をお助けくださり、感謝の言葉もございません。本当に助かりました」

　俊介は茶店を見渡した。

「ふむ、なんともひどいありさまだな。だが、これだけあれば、店を元通りにすることはできるかな」

　俊介は三両を亭主に差し出した。亭主が目を丸くする。

「十分すぎるほどでございます。あの、本当にいただいてもよろしいので」

「もちろんだ。島造も納得して払っていったゆえ。金よりも片づけをさせたほうがよかったかな」

　俊介は再び街道に目をやった。すでに島造たちの姿は見えない。点のようになり、ほかの旅人たちに紛れていた。

「片づけは自分たちでやりますから、大丈夫でございます」

「それならばよい。亭主、名は」

「は、はい、格吉《かくきち》と申します。こちらは孫娘のおけいでございます」

「俺は俊介。この二人は供の伝兵衛と仁八郎だ。このかわいらしい娘はおきみという」

侍なのにどうして姓をいわないのかと格吉はいかにも不思議そうにしたが、そのことには触れなかった。

「皆さま、よい名でございますな」

笑みを浮かべつつ、そう言葉少なに語っただけだ。

「島造だが、このあたりの一家の者か」

俊介は格吉にたずねた。眉《まゆ》をひそめて格吉がかぶりを振る。

「初めて見る人たちにございました。なあ」

格吉がおけいに同意を求める。

「はい。このあたりは土地柄もあるのか、ああいう人たちはかなり多いのですけど、あんな狼藉をすることは滅多になくて、本当に驚きました」

まだ胸の鼓動がおさまらないのか、おけいが胸を押さえながらいった。

「そうか。初めての者たちか」

俊介は格吉とおけいに顔を向けた。

「とにかく怪我がなくてなによりだった。片づけを手伝いたいが、我らは先を急ぐ身ゆえ、申し訳ない」

「いえ、そんなもったいない」

格吉とおけいが恐縮する。

「先ほども申し上げましたが、片づけは自分たちでできますので」

「ならば、俺たちは旅を続けることにしよう。二人とも息災でな」

「お侍方の無事な道中を祈っております」

格吉とおけいが笑顔を並べる。おけいがきいてきた。

「あの、お侍方はどちらまで行かれるのです」

「九州よ」

おきみが答える。

「それはまた遠うございますな。どうか、道中、ご無事で」

「うむ、かたじけない。ではこれでな」

俊介たちは街道を歩き出した。先頭に仁八郎が立ち、そのうしろに俊介が続いた。伝兵衛とおきみが最後尾である。

二

「もし」

背後から声がかかった。

俊介たちは足を止め、振り返った。

三人の男が立っていた。身なりからして、いずれも百姓である。

おや、と俊介は思った。先ほど、茶店のそばでこちらを見ていた者たちではないか。

「なにかな」

警戒の思いを声音に含ませて伝兵衛が問う。

「頼みがあるのでございます」

体格ががっしりし、切れ長の目に高い鼻を持つ男が気持ちを奮い起こしたようにきっぱりといった。

「はて、どのような頼みかの」

伝兵衛が首をかしげてきく。男が深く息を吸った。

「失礼ながら、今の茶店の一件、一部始終を見させていただきました。その上で、お侍方の誠実なお心と腕を見込み、お頼みしたいことがあるのでございます」

「うむ、聞こう」

俊介は一歩前に出ていった。

「あの、このような場所では……。他聞をはばかることでございますので」

「その前に、いったいおぬしらは何者かな」

仁八郎がやや鋭さを帯びた口調でたずねた。

「ご無礼をいたしました」

鼻の高い男が一礼する。他の二人もそれに合わせた。

「はい、この近くに高畠《たかはた》村という村があるのでございますが、その村の者でございます」

三人の百姓が頭を下げ、名乗った。鼻の高い男が里吉《さときち》といい、残りの二人が銀《ぎん》次郎《じろう》と亥七《いしち》ということだ。

俊介たちも礼儀として、名乗り返した。

どうして名字をいわないのか、茶店の格吉同様、里吉たちも不思議そうにしたが、そのことは口にしなかった。

俊介は三人の男を見つめた。別に怪しいところは見いだせない。どこからどう見ても百姓で、それ以上のものはまったくない。剣の腕にしても、遣えるようには見えない。

そのことは仁八郎も承知しているようだが、警戒の糸をまったくゆるめていない。俊介を引き込む罠《わな》ではないかと疑っているのだ。

「それで、どこで話をしようというのだ」

俊介は里吉にたずねた。

「あちらに薬師堂がございます。できれば、あのなかで話をしたいと思っていま す。あそこなら邪魔されることはないと思いますので」

街道から少し引っ込んだ場所に、それらしいお堂がある。ここから距離は半町もない。

仁八郎が薬師堂に厳しい目を据える。なかに誰かひそんでいないか、気配をうかがっているのである。

「ふむ、誰もおりませぬ」

俊介に耳打ちしてきた。

「しかし俊介どの、それがしはまだ罠であるという疑いを解いたわけではありませぬ」

「うむ、よくわかっている」

俊介はささやき返し、そうとわかる程度にうなずいた。

「だが仁八郎、この者たちと一緒に行ってもかまわぬのだな」

仁八郎が苦笑を頬《ほお》に刻む。

「それがしとしては、やめていただきたいのですが、俊介どののご気性として、それは無理でございましょう」

「その通りだ」

俊介はにこっと笑った。三人の百姓に顔を向ける。

「よし、まいろう」

俊介たちは薬師堂に向かった。

街道から薬師堂までは石畳が敷かれていた。参拝する者が多いのか、石はすり切れていた。

薬師堂は小さな寺の本堂ほどの大きさがあり、このあたりの村人に篤信の者が多いのか、屋根瓦《やねがわら》が欠けたり、落ちたりはしておらず、木の壁や格子戸もよく手入れされている。

薬師堂の格子戸に錠は下りておらず、俊介たちはすんなりとなかに入ることができた。

なかは板敷きで十畳ほどの広さがあり、わずかにかび臭さが漂っていた。

正面に薬師如来が鎮座している。立像ではなく、座像である。高さは三尺ほどで、納衣《のうえ》が通肩に着され、下にゆったりと流れて腹と足を覆っている。薬師如来自体、さしたる古さはないが、しみいるような威厳があり、見つめていると包み込まれそうな優しさが感じられた。

「おきみ坊、薬師如来さまはお医者だから、よくお祈りするがよいぞ」

伝兵衛が小声でうながす。

「えっ、このお地蔵さま、お医者さまなんだ」

「お地蔵さまは地蔵菩薩さまだから、薬師如来さまとはちがうのだが、まあ、よいか」

伝兵衛が薬師如来を見上げる。

「おきみ坊、見てごらん。右の手のひらを、こちらに向けていなさるじゃろう。あれは施無畏印《せむいいん》というてな、人々の苦しみを取り除くための印じゃ。よく、印を結ぶとかいうじゃろう。その印じゃ。左手にのせておられるのは薬壺《やっこ》じゃ。薬を入れる壺《つぼ》のことじゃの。あれがあるからこそ、薬師如来さまとわかるんじゃぞ。なければ、わしには釈迦如来さまと見分けがつかぬ」

おきみは手を合わせ、両目を閉じている。

俊介もおきみを見習い、病床にある父親の幸貫《ゆきつら》のことを、よろしくお願いいたします、と心中で頼み込んだ。幸貫は自らの余命を三月しか保《も》たぬといったが、そんなことはあるまい、と俊介はかたく信じている。きっともっと長生きできるはずだ。それでも、幸貫から期限を切られている以上、三月以内に江戸に戻らなければならない。

「このあたりは薬師堂が多いように見受けるが、はやり病があったのか」

俊介は男たちにきいた。在所では、はやり病を退治るために、薬師堂が建立《こんりゅう》されると俊介も耳にしている。

「さようでございます。四十年ばかり前に麻疹がはやりまして、このあたりに暮らす者の十人に一人が亡くなったとのことにございます」

里吉が答える。

「うむ、麻疹は怖いからな」

俊介は実感のこもったいい方をした。江戸でも麻疹はよく流行する。幼い頃の俊介の記憶のなかにも一度あり、おびただしい死者を出したという話をあとで聞いた。

そのときのことだが、江戸の庶民がどっと押し寄せた場所がある。筑後柳川で十万九千石余を領する立花《たちばな》家の下屋敷である。浅草にある下屋敷内には太郎稲荷《いなり》と呼ばれる社があり、立願すると麻疹にならない、仮になってしまったとしても重くはならないという評判が立ったためだ。太郎稲荷に参詣した庶民の願いがかなったのか、俊介には知る由もないが、麻疹がどれだけ人々に恐れられているか、如実に語る事柄といえよう。

俊介たちは板敷きの上に車座になった。里吉たちは律儀に正座した。足が痛いだろうから膝《ひざ》を崩すように俊介はいったが、三人とも首を横に振って固辞した。俊介もそれ以上、いうのはやめた。

「それで、どのような頼み事をしたいのだ。誠実さと腕を見込んで、と申したが」

俊介は水を向けた。

里吉がわずかに身を乗り出す。

「手前どもの主人を取り戻していただきたいのでございます」

ためらうことなく一気に告げた。

眉根を寄せて俊介は里吉を見つめた。仁八郎、伝兵衛、おきみも真剣な目を里吉に当てている。

「主人というと」

俊介は問いを続けた。

「高畠村の名主で、勤左衛門《きんざえもん》という人でございます」

「そなたたちとはどういう関係だ」

「手前は勤左衛門さんの屋敷で働く下男でございます。この二人は高畠村に住まう者でございます。勤左衛門さんには日頃からお世話になっています」

「誰から取り戻すというのだ。もしやかどわかされたのか」

「はい、さようでございます。かどわかしたのは、江戸から来た浪人ではないかと思われます」

「ほう、江戸の浪人がな。食い詰めて、はるばるこのあたりまで流れてきたのかな。浪人は何人だ」

「五、六人はいるのではないかと思います」

「けっこういるな。村名主をかどわかし、金を要求してきているのか」

「さようでございます。一千両を求めてきています」

仁八郎や伝兵衛、おきみが目をみはる。

「それは大金だな」

俊介は冷静にいい、順繰りに男たちを凝視した。

「用意したのか」

「いえ、そのような大金、手当できるはずもございません」

「だが、浪人たちはそれだけの金があると踏んで、村名主をかどわかしたのではないか」

「はい、そうかもしれません。勤左衛門さんは、造り酒屋を営んでいましたから、大金を持っていると思われても不思議はありませんでしょう」

酒造りはよほど儲《もう》かるのか、街道沿いに宏壮な建物を誇っているところが実に多い。

「営んでいたということは、今はやめているのか」

「はい、数年前に廃業されました。腕のよい杜氏さんが病で亡くなりまして、酒どころのこのあたりでもうまいと評判だった酒を醸せなくなったものですから、すっぱりと思い切られたのです」

摂津国の伊丹《いたみ》や西宮は酒どころとしてよく知られており、伊丹諸白《もろはく》や灘の生一本《きいっぽん》の名で江戸に多く出回っているが、この明石のあたりも酒どころであるとは知らなかった。

「伊丹や西宮ほど有名ではありませんが、こちらも西灘と呼ばれるくらいの酒どころでございます。水と米には恵まれていますから」

俊介の疑問を見て取ったようで、里吉が力説する。

そうか、と俊介はいった。

「評判の酒なら、かなり売れていたのだろうな。一両は無理だとしても、五百両くらいなら貯えがあるのではないか」

「いえ、それが勤左衛門さんは気前がよいというか、塩害を防ぐために植林をされたり、暴れ川に堤をつくられたりしたために、貯えなどほとんどないのです」

「そうなのか。徳のある人なのだな」

「ですので、勤左衛門さんは土地の者にとても慕われております」

俊介はうなずいた。

「このあたりは姫路の酒井《さかい》さまのご領地だな」

「はい、さようでございます」

「酒井さまといえば、ご譜代筆頭のお家柄だが、もちろんそなたらは郡奉行や宿場奉行には届けを出したのだろう。ちがうか」

「はい、出しました」

　里吉が渋い顔をする。

「しかし、動いてもらえないのです」

「どうして動かぬ。役人が、地元に尽くした者を見捨てるというのか」

　俊介は眉根を寄せた。

「役人が、まさか裏で浪人たちとつながりがあるというのではあるまいな」

　さすがに里吉がかぶりを振る。

「それはないと思います。ただし、こういってはなんでございますが、お役人たちはやる気がないのでございます。勤左衛門さんはこの土地にひじょうに力を尽くしてくれましたが、今はお金がなくなったために、もうそういうことは二度とできません。お役人にとってはもう重宝する人物ではないのです。死のうが生きようがどうでもよい人でしかなく、お役人たちは自分たちが命を懸けて助けたところで、今さらなんの益もないと考えているのでございましょう。そうとしか、手前どもには思えません」

　里吉は悔しいのだろう、涙を浮かべている。

「浪人たちの居場所はわかっているのか」

「いえ、捜してはいるのですが……」

「土地鑑がないのに、よくそなたらから巧みに隠れられるものだ。よそ者など、すぐ見つかるのではないかと思えるが」

俊介は顔を上げ、新たな問いを発した。

「千両を要求してきたのは、文か」

「はい、さようにございます。散策がお好きな勤左衛門さんが夜になっても帰ってないということで夜を徹して捜したのですが、結局、見つかりませんでした。翌朝、お屋敷に矢が打ち込まれ、それに身の代を要求する文がつけてあったのです。村名主を生きて返してほしかったら金千両を用意せよと」

「矢文を用いたのか」

俊介はつぶやいた。

「その文には、かどわかした者の名など、記されていなかっただろう。村名主をかどわかしたのが、どうして江戸から流れてきた浪人の仕業《しわざ》だとわかった」

「数日前のことになります。人相のよくない数人の浪人が村に入り込んで無住の寺にたむろしているところを見られたりしていたのですが、その二日後に勤左衛門さんがいなくなってしまったのです。その浪人たちは勤左衛門さんのお屋敷の近くでも姿を見られていますし、娘や子供をからかったりもしていました」

「なるほどな」

俊介は腕組みした。

「矢文が打ち込まれたのは朝だったといったが、それには金の受け渡し場所は記してあったのか」

いいえ、と里吉が首を振った。

「それは次の文ということです」

「その文はまだ届いておらぬのだな」

「はい、その通りでございます」

俊介は伝兵衛と仁八郎を見た。

「また矢文でくるかな」

仁八郎がすぐさま応じる。

「知恵の働く者なら異なる手を使うのではないかと思いますが、村娘や子供をからかったりしているところからして、さほど頭のめぐりのよい者ではないかという気がします。ですので、同じ手を使うのではないかとそれがしは勘考いたします」

「矢を放つところがわかれば、捕らえるのはさほど手間を要さぬな」

「はい、そう思います」

伝兵衛、と俊介は呼びかけた。

「遠矢というと、三町くらいは飛ばすものなのか」

「弓矢の達人がその気になれば、もっと飛ばせましょう。強弓ならば、四町はいくのではないでしょうか」

「えっ、そんなに飛ばせるものなのですか」

里吉が驚いてたずねる。

「あるいは、もっと飛ばせるかもしれぬ」

確信のある顔で伝兵衛が口にする。

「もっと強い弓を遣える者ならば五町はいくかもしれぬ。今の世でも、それだけ飛ばせる者がいるのだ。戦国の昔に活躍した弓矢の名人は、いったいどれほど飛ばしたものなのか。太平の世を生きる我らには、まったく想像がつかぬ」

その通りだな、と思って俊介はしばし目を閉じた。戦国の頃、真田家の家臣のなかにも弓自慢の者はいたにちがいない。戦国も時代が下るにつれ、飛び道具は鉄砲が主流になってきたが、まだまだ弓矢の活躍する場面は少なくなかったのではないか。俊介はふと鬨《とき》の声を耳にしたように感じた。

目をあけると同時に鬨の声は幻だったかのように消えていったが、その余韻にしばし浸った。今の鬨の声は、紛れもなく脈々と伝えられてきた真田家の血がなせる業だろう。

顔を上げ、里吉を見つめた。

「賊が矢文を放ってきた場所は、わかっているのか」

「いえ、わかりません。どこから矢を打ち込んできたのか、それについては調べていないと思います」

そうか、と俊介はいって考え込んだ。顔を上げて伝兵衛と仁八郎を見る。

「村名主の屋敷に行ってみるか」

「その上で、賊がどこから矢を放ってきたか、調べるのですね」

仁八郎が俊介の考えを読んでいう。

「そうだ」

俊介は深くうなずいた。

「遠矢を放つのに賊どもがまた同じ場所を使うのならありがたいが、少しは知恵を持つ者ならば、最初に矢を放った場所は、すでに断定されたと考えるはずで、張り込まれるかもしれぬと思うだろう。五町もの距離を飛ばさずとも、村名主の屋敷に矢文を打ち込むのに都合のよい場所は、ほかにもきっとあるだろう。もし賊がまた矢文でつなぎを取るつもりでいるのなら、我らは矢を放つ場所を探り当てればよい」

「そこで待ち構えるのでござるな」

「伝兵衛、待ち構えるだけでは駄目だぞ。そこから村名主のもとに連れていってもらわなければならぬ」

「ああ、つけるのでございますな」

俊介は里吉に顔を向けた。

「というわけだ。里吉、村名主の屋敷に案内してくれるか」

「では――」

里吉が喜色をあらわにする。残りの二人も顔を輝かせた。

「お引き受けくださるのですか」

「うむ、引き受けよう」

俊介はきっぱりといった。

「ありがとうございます。こんなにうれしいことはございません」

大役を果たして、ほっとした顔になった里吉が報酬のことを口にする。

「お礼については、前もって申し上げるべきでした」

「いや、前もっていわれていたら、我らは断るしかなかった。礼を目当てに引き受けたと思われるのは心外ゆえ」

「お侍方はいろいろとたいへんでございますな。しかし、手前どもとしては、是非とも受け取っていただきたいのです。ただで危険な仕事をしていただくとなると、心苦しゅうございます。これは、もちろん金で片をつけるという意味ではございません」

「うむ、もちろんわかっている」

「お礼ですが、そんなにたくさんは無理なのです。それでも、十両、ご用意できます。いかがでしょうか。この十両というのは、勘左衛門さんのお内儀が、一所懸命に貯められたお金でございます」

十両か、と俊介は思った。江戸を発《た》つ前、幸貫から五十両もの金を託されたが、旅というのは意外なほど費えがかかるものだというのを、ここまでの道のりで思い知らされた。質素倹約に励んでいるのだが、金の減りは異様なほど早いのである。

もしここで十両が手に入れば、こんなにありがたいことはない。長崎まで足を延ばしたとき、おきみのほしがっている薬を手に入れる際、必ず役に立つにちがいないのだ。

だが、と俊介は思う。これは人助けである。金を取るのはどうなのか、とためらう気持ちを消すことができない。

しかし、自分たちは九州まで行かなければならない。心を鬼にしても、受け取っておいたほうがよいのではないか。

心がせめぎ合う。

結局、俊介が下した結論は次のようなものだった。

「内儀が貯めた金を受け取るのは心苦しい。十両はとりあえず借りておくことにしよう。それでよいか。もちろん十両は、村名主を助けてからでよい」

「いえ、お借りになるだなんて、そのようなことはおっしゃらないでください。無事に勘左衛門さんを取り戻していただけたら、差し上げます。そうしていただかないと、手前どもが叱られてしまいます」

ここで論じ合っても仕方ない。俊介は村名主を解き放つことに成功したら十両を受け取り、江戸に帰り着いたとき、あらためて飛脚を使うなりして返すことに決めた。

俊介たちは薬師堂を出て、高畠村の村名主の屋敷へ向かった。

高畠村は、西国街道沿いに数軒が軒を連ねているだけで、ほとんどの家は奥に引っ込んだ形で建っていた。まわりを緑濃い田畑に囲まれている。

村名主の屋敷に行く途中、大勢の百姓衆が地面に這いつくばって一所懸命に働いていた。吹き渡る風に土のよい香りが乗り、播磨という土地の豊かさを伝えてくる。

それにしても、と俊介は思う。自分たちがいつもちゃんと食事ができるのは、百姓衆のこういう地道な働きがあるからこそで、俊介は感謝以外の言葉が見つからない。

高畠村の村名主の屋敷は、小高い丘の上にあった。背後のなだらかな斜面一杯に、立派な杉林が広がっている。天を衝《つ》くような大木ばかりで、それが軽く三百本はあるのではないかというすばらしさだ。これならば、地下に水をたっぷりと蓄えているだろう。

質のよい林や森のそばに、水は必ず湧き出る。『木』と『水』という字がよく似ているのは、そんなところも関係しているのではないか、と俊介は思っている。

今も、この屋敷の井戸からはこんこんと水が湧いているにちがいない。腕のよい杜氏を失ったからといって、造り酒屋をやめてしまったのは実にもったいないと感じさせる杉林である。

遠くから矢を放って、この屋敷を狙えそうな場所を俊介は目で探してみたが、ここぞというところは見つからなかった。

俊介たちは脚だけの門を入り、屋敷内に通された。銀次郎と亥七はここまでで、この先は里吉が案内した。

構えはひじょうに大きいが、さほど立派な屋敷ではない。屋敷自体は宏壮で、造り酒屋だった名残は十分に感じられるし、どこか甘い香りもしているような気もするが、ところどころ壁がはげ落ちたり、鬼瓦が欠けたり、屋根に雑草が生えたりしている。

零落という言葉を感じさせるが、このことは勤左衛門が自分のために金を使わなかったということを明瞭《めいりょう》に告げている。

これだけでもこの家に金がないのは明白なのに、どうして浪人たちは村名主をかどわかしたりしたのか。屋敷のために金を使っていないのは、逆にがっちりと貯め込んでいるからだろうと判断したのか。

畳のすり切れた座敷で、勤左衛門の妻であるおとらと会った。心痛のために、憔悴《しょうすい》しきっていた。豊かだったはずの頰はげっそりとこけ、目は落ちくぼんでいる。肌にもつやが一切なかった。歳は五十をいくつか過ぎたくらいなのだろうが、それよりもだいぶ老けて見える。

里吉がおとらに俊介たちを紹介し、どういう仕儀になったか、詳細を伝えた。

　それを聞いたおとらが、畳にばっと両手をつく。

「どうか、よろしくお願いいたします。主人を取り返してください」

　畳に額をすりつけて懇願する。

「できるだけのことは必ずしよう。それだけはお内儀、約束できる」

　俊介は静かな口調で告げた。

「よ、よろしくお願いいたします」

　おとらは顔を上げることなく、同じ言葉を繰り返した。

　おとらの前を辞し、俊介たちはどこに矢文が打ち込まれていたかを里吉にきいた。

「こちらです」

　里吉が広い屋敷のなかを、先に立って案内する。

「夫婦に子はおらぬのか」

　先導する里吉の背中に、俊介は問いかけた。眉を曇らせて里吉が振り返る。

「今はいらっしゃいません。三人のお子がいらっしゃったのですが、三人とも早世してしまったのです」

「それは気の毒に」

「三人とも男の子でした。長男、次男ともに十歳を待たずして逝《い》かれ、無事に育った三男は二十歳を迎える直前、はやり病にやられてしまったのです」

三人の子を次々に失った勤左衛門夫婦の心中は、いかばかりだったか。身代を譲るべき者を失ったために、勤左衛門は地元に尽くすことを考えたのだろうか。

俊介たちが次に足を止めたのは、北側の部屋である。六畳間で、家財らしいものは一つも置かれておらず、がらんとしていた。東側に濡縁がつけられ、明るい陽射しに照らされていた。あたたかな日にひなたぼっこをしたら気持ちよさそうだが、こちらも板のささくれが目立ってきている。

「この濡縁に矢は突き刺さっていました」

里吉が、板にわずかにあいた穴を示す。

「どういうふうに突き刺さっていた」

仁八郎がすぐさまただす。

「あちらから飛んできたようで、矢はこういうふうに斜めに刺さっていました」

里吉が手で、どんな角度だったか示してみせる。

「そうか、杉林の方向から飛んできたか。里吉どの、矢は取ってあるのか」

仁八郎がさらにきく。

「はい、もちろん取ってございます。ご覧になりますか」

「うむ、頼む」

「しばらくお待ちください」

一礼して里吉が廊下を走り去った。

里吉を見送った俊介たちは、目の前に広がる庭を見た。雑草が伸び放題で、計算されて配置されているはずの庭石を隠してしまっている。庭石にも草が生えていた。木々にも鋏《はさみ》が入れられておらず、茂りっぱなしの枝は好き勝手な方向を向いている。最後にこの庭に手入れがなされたのは、いったいいつなのだろう。風が舞うと、背の高い雑草が波打った。

仁八郎と伝兵衛が肩を並べて、庭の借景となっている杉林を眺めている。

「あの松の木でしょうか」

仁八郎が伝兵衛にいう。伝兵衛がうなずく。

「うむ、わしもそう思う」

「あれか」

俊介は手を伸ばしてきいた。

距離は三町ばかりか、杉林の向こう側に一本の松の木が望めるのである。相当の大木で、高さは優に七丈はあるだろう。

「あの木に登れば、この部屋に打ち込むのはさほどむずかしいことではないでしょう。あそこなら、この部屋はよく見えましょうし」

「うむ、その通りじゃ」

伝兵衛が同意する。

「では、最初の矢文を放ったのは、あの松の木でまちがいないな」

俊介は二人に確かめた。

「まちがいござらぬ」

伝兵衛が断言し、大きく顎を動かす。仁八郎も同意してみせた。

「お待たせしました」

里吉が一本の矢を手に、廊下を駆け戻ってきた。

「こちらです」

仁八郎が受け取り、俊介に見せた。伝兵衛とおきみがのぞき込む。

「ふむ、鏃《やじり》は小さいな」

俊介がいうと、伝兵衛がうなずいた。

「鏃が小さいのは、遠くに飛ばすためでござる。大きな鏃は殺傷する力が大きいので、近くの敵を射るのに適しておりもうす」

説明した伝兵衛が俊介にきいてきた。

「俊介どのは、この竹の棒のところをなんというか、ご存じですかな」

「篦《の》といったと思うが」

「その通りにござる。この篦は麦粒でござる」

「麦粒とはなんのことだ」

「篦の形でござるよ。竹の真ん中が太く、両端に向かうにしたがって、徐々に細くなっているでござろう。これが麦粒の形に似ているから、そういうふうに呼ばれはじめたのでござろう」

「なるほど、そういうことか。この麦粒という篦は、遠矢に適しているのか」

「さようにござる」

伝兵衛が顔を縦に動かす。

「矢羽は三枚、鴨《かも》のもののようですの。しかも手羽のようですから、あまり質のよいものとはいえぬでしょう」

そのことは俊介も知っている。矢羽で高価なのは鷹や鷲《わし》の尾羽で、そのなかでも石打と呼ばれる、尾羽で最も外に当たるところが一番高い。

「この矢でも、すぐれた放ち手ならば、四町は飛ばせましょう」

少なくともそれだけの距離を取って、次も矢を飛ばしてくるということになろうか。

「この屋敷の四囲が見渡せるところに行きたいな」

いって俊介は里吉に目を当てた。

「屋根に上がらせてもらえるか。いつ賊が矢を放ってくるか、知れたものではないゆえ、できるだけ早いに越したことはない」

「そういうことでしたら、今すぐに」

俊介たちは外に出た。納屋から里吉が梯子《はしご》を持ってくる。俊介たちは礼をいって、それを使った。

俊介は高いところは苦手だが、屋敷の屋根くらいならなんということもない。

それにしても、こうして見ると、屋根の傷みは予期した以上である。強風にあおられたのか、傾いたり、割れてしまったりしている瓦がことのほか多い。広々とした屋根すべてに高価といわれる瓦を載せている。これだけで昔の威勢が偲《しの》ばれるが、瓦の惨状はこの家の凋落《ちょうらく》ぶりを余計に際立たせていた。

「いい景色ね」

おきみの声がし、俊介は屋根から目を外した。確かにここから見る景色はすばらしく、自分たちが歩いてきた西国街道もくっきりと見える。今も多くの旅人がのんびりと行きかっている。実際には早足なのかもしれないが、ゆっくり進んでいるように見える。

西国街道の向こうには、青い瀬戸内も望めた。白帆を掲げた何艘もの船が、凪《なぎ》の海をゆったりと動いている。初夏の陽射しは強く、すぐそばに浮かぶ淡路島の緑の濃さが、目に痛いくらいである。

ただし、今は景色に見とれている場合ではなかった。俊介は、どこからなら遠矢を打ち込んでこられるか顔を上げ、目を凝らした。

おきみも一所懸命にまわりを見渡している。仮にこの様子を賊どもに見られたとしても、おきみがいれば、村名主がかどわかされたことなど知らない者たちが屋根に登ってはしゃいでいると考えてくれるのではないかという期待があるのだが、甘く見すぎだろうか。

「俊介どの、ここは賊に見られぬうちに降りたほうがよいでしょう」

目星をつけたらしい仁八郎の言葉にしたがい、俊介たちは梯子を伝って下に降りた。

「伝兵衛、仁八郎、どう思った」

納屋に梯子を戻しに行く里吉を視野の端に入れて、俊介はたずねた。

「矢文を打ち込むだけなら、どこでもよいのでしょうが、最初の矢のように場所を狙って放つのならば一つでしょう」

確信のこもった声音で仁八郎がいう。

「それがしも同じでござる」

俊介も一ヶ所しか見つけられなかった。

「どこだ」

「杉林の向こう側の松の木です」

横で伝兵衛が大きなうなずきを見せる。

「つまり、同じところから放ってくるのではないかというのか」

伝兵衛が相好《そうごう》を崩す。

「俊介どのも同じだったのではござらぬか」

「うむ、その通りだ。よくわかるな」

「それがしは、俊介どののおしめを替えたこともあるのでござるぞ。そのとき、俊介どのの赤子にしては立派な一物を、指で弾《はじ》いたこともある男でござる」

「伝兵衛、それだけ長い時を過ごしてきたといいたいのだな」

「そういうことにござる」

伝兵衛とは確かに長い。その分、気心が知れて、互いにいいたいことがいい合える。

俊介はおきみに目を向けた。

「おきみはどう思う」

おきみがこほんと喉《のど》を鳴らす。

「一つききたいんだけど、矢文って、放つと大きな音が立つの」

「ああ、かなりのものじゃよ。風を切る音がすごいな」

すぐさま伝兵衛が答える。

「ならね、矢文をお屋敷のどこに打ち込んでもいいと思うのよ。賊からの一刻も早いつなぎを、お屋敷の人は待っているわけだから、音が立てばすぐに矢文だってわかるでしょ」

「うむ、その通りじゃな」

「だけど、放つほうとしては、やっぱり姿を見られたくないのよね。屋敷に矢を打ち込めるだけの距離に近づくためには、村に入り込まなきゃいけないし」

「うむ、そうだな」

俊介は相槌《あいづち》を打った。伝兵衛は、うんうんと一所懸命に耳を傾けている。そのさまは、孫娘に対するも同然のものだ。

「賊が、また朝に矢を放つ気でいるのなら、起きるのが早いお百姓さんたちに姿を見られる恐れがあるわけでしょ。姿を隠して放つにふさわしい場所って、あたしにはよくわからなかったわ。でも、どうして夜じゃ駄目なのかしら。夜なら、闇に紛れて矢を放つのはそんなにむずかしいことじゃないのに」

夜間に放ってくるのではないかということは、俊介も考えた。闇に包まれているといっても、村名主の屋敷の場所はわかるだろうし、姿を見られる心配もほとんどない。おきみのいうことは、至極もっともだ。

「どうしてだろうな。もしかすると、今夜放ってくるかもしれんな」

俊介は伝兵衛と仁八郎を見つめた。

「二人とも、もし早朝に矢を放ってくるとしたら、あの松の木から、ということでよいのだな」

「その通りにござる」

伝兵衛の言葉に、仁八郎も大きく顎を上下させた。

わかった、と俊介は力強くいった。

「今よりあの松の木を張ることにしよう」

もし賊が夜間に別の場所から放ってくる気でいるとしても、仁八郎がいる限り、村内の怪しい気配は察知できるにちがいない。

賊がどこから放とうと、しっぽをつかめる自信が俊介にはあった。

必ず引っ捕らえてやる。

俊介は決意を固めた。

三

おきみと伝兵衛は、この場にいない。

村名主の屋敷にとどまっている。

丘の上は平坦な草原になっており、松の大木が一本だけ、ぽつんと生えている。

この松の木を見張るのは、俊介と仁八郎の二人で十分である。横にいる仁八郎はなにごとかを考えているのか、目を閉じている。

おきみは一緒に来たかったのだろうな、と俊介は思った。だが、駄々をこねることなく、待っているわ、と素直にうなずいたのだ。自分が行ったところで足手まといにしかならないことを、承知しているのである。

俊介は、そんなおきみがいとおしくてならなかった。一刻も早く長崎に連れてゆき、薬を買い求めてやりたい。

もしや今は、と俊介は思った。村名主のかどわかしなどに関わっている場合ではないのではないか。おきみだって、薬を土産に江戸の母親の顔を見たくてならないはずだ。

だが里吉たちの頼みを断り、見捨てるなどという真似《まね》をしたら、それはもはや真田俊介ではないだろう。この一件を解決し、勘左衛門を無事に解き放つことができたら、すぐさま九州を目指せばよい。それで、おきみも納得してくれるはずだ。

それに目的は、おきみの薬だけではない。俊介は家臣だった辰之助《たつのすけ》の仇を討たなければならない。辰之助を手にかけた似鳥幹之丞《にとりみきのじょう》は、今どこにいるのか。どこにいるにしろ、斬《き》り殺したくてならない。

人を殺したい。まさか生涯でこんな心持ちになる日がやってくるとは、夢にも思わなかった。これも、戦国を生きた先祖の血ゆえなのだろうか。

いや、ちがうだろう。愛する者を殺されたら、誰もが同じ気持ちになるにちがいない。

俊介の気の高ぶりに気づいたか、隣に控える仁八郎が目をあいて、ちらりと見た。左肩に縄の束を巻いている。

なんでもないというように、俊介は小さく首を横に振った。小さくうなずき、仁八郎が再び目を閉じる。

俊介と仁八郎は、松の木から三間ばかり離れた小さな茂みに身をひそめている。丘の大気は冷涼で、寒いくらいだ。これが夏なら蚊に悩まされるところだろうが、今の季節は、あのうっとうしい羽音は聞こえてこない。

二人とも地面にあぐらをかいている。松の木にやってきた者のあとをつけるだけだから、この姿勢でも十分だ。

伝兵衛も来たかっただろうな、と俊介は爺のことを思いやった。おきみを村名主の屋敷に一人にするわけにはいかず、子守役としてそばについているのである。おきみが疲れ気味で、顔色があまりよくないのも気になっている。今は少しでも休ませたほうがよいに決まっている。

いま二人は、なにをしているのだろうか。ほかにすることなく、寝ていよう。伝兵衛は俊介のことが案じられてならず、眠りはおそらく浅い。おきみも俊介たちのことが心配で、深更まで一所懸命起きていただろうが、今頃はきっとぐっすりにちがいない。

あたりはいまだに真っ暗だが、朝の気配が近づいてきている。刻限は七つになろうとしているのではあるまいか。これまで七つ立ちを繰り返してきて、この刻限が体に染みついた感がある。鐘の音《ね》の助けを借りずとも、わかるようになっていた。

今のところ、松の木の周辺にはなんの動きもない。賊たちはやはり、また夜明け頃に矢文を打ち込もうというのだろうか。あたりは静かなもので、ときおり小さな獣らしい気配がちょろちょろと動くだけである。おそらく狸《たぬき》、いたちの類であろう。

あの手の獣は夜のあいだ、しきりに動いて餌《えさ》をつかまえたりするものだと聞いたことがある。姿をくらませられるからだろう。勤左衛門をかどわかした賊が、どうして夜の闇を利そうとしないのか、相変わらず俊介には疑問だった。

さらに時が過ぎ、空がかすかに白みらしいものを帯びはじめた。今がまさに明け六つである。

そのとき、ぱきり、と枝でも踏んだようなかすかな音が耳に届いた。

びくりとしそうになった体を抑えつけ、俊介は仁八郎を見た。仁八郎が小さく顔を動かし、わずかに闇の幕が取れはじめた前方を見透かす。

俊介もそれにならった。

しばらくのあいだ、なにも見えなかった。だが、明らかに人の気配が近づいてきているのが知れた。

じっと目を当てているうちに、薄闇から溶け出すように黒い人影がじわりと見えた。俊介は高ぶらないように気持ちを落ち着けようと試みた。相手が遣い手なら、気配を覚《さと》られかねない。

どうやら二人である。あたりの様子に変わったところがないかうかがいつつ、慎重に動いている。二人が発するひそやかな息づかいが、俊介まで聞こえてきた。

松の木にほんの半間まで近づいて、二人は立ち止まった。二人は松の木を見上げた。

「では、行ってくる」

低い声でいい、影の一つが松の木を登りはじめた。弓を肩にかけ、箙《えびら》を右の腰につけている。矢はただの一本だけが、箙に入っているように見えた。

二人とも浪人らしい着流し姿である。木を登っていった者は、俊介たちのように襷《たすき》がけをし、股立《ももだち》を取っていた。

ここで二人を捕まえるのはたやすい。捕らえた上で勘左衛門の居場所を白状させるという手もある。

だが、吐かない恐れも十分に考えられる。やはり当初の目論見《もくろみ》通り、ここは二人を泳がせて、勘左衛門のもとへ案内させたほうがよい。

一人が松の木をするすると登ってゆくのを、もう一人が根元にたたずみ、案じ顔で見上げている。

俊介たちの頭上から、登ってゆく男がかすかに立てる物音が聞こえているだけで、あたりは相変わらず静寂のとばりが覆っている。

やがて、松の木からの物音がやんだ。静寂がさらに深いものになった。

屋敷に狙いを定めているのか、と俊介が思ったとき、大気を裂く音がした。風を切る音がそれに続き、数瞬ののち、どん、というかすかな物音が響いてきた。

その直後、落ちてきているのではないかと錯覚しかねない勢いで男が松の木を降りてきた。最後、一丈ばかりの高さの枝にぶら下がり、勢いをつけてひらりと飛んでみせた。音もなく着地する。

まるで猿のような敏捷《びんしょう》さで、俊介は瞠目《どうもく》した。仁八郎も目を丸くしている。

二人の男はうなずき合い、先ほど来た道を戻りはじめた。

ゆっくりと十を数えてから俊介たちは茂みを出、二人の男を追いかけはじめた。

薄闇のなかでも二つの背中はしっかりと見えており、見失うようなことは決してない。

二人の男は十町ばかりを北に向かって駆け続け、それから道を右に曲がり小高い丘に入り込んだ。

付近に田畑はなく、林や谷、池など錯綜《さくそう》した地形になっていた。先ほどまでちらほらと見えていた百姓衆の姿もこのあたりでは見えなくなっている。

すでに日は地平の向こうに昇り、あたりはだいぶ明るくなっていた。最初よりも距離をあけて、俊介たちは二人の男を追っていた。

丘は鬱蒼《うっそう》とした木々に覆われ、陽射しがさえぎられて、急にまわりが暗くなった。

二人の男は獣道をひたすらたどってゆく。俊介たちがつけていることに、気づいている様子はまったくない。

やがて樹間に、一軒の小屋らしいものが見えてきた。二人の男は小屋の扉をあけた。ぎーと耳障《みみざわ》りな音が立ち、二人はするりとなかに入っていった。

俊介たちは足を止め、十間ほどの距離をあけて木の陰に身をひそめた。こんなところに小屋があるなど、まったく予期していなかった。

「炭焼き小屋ではないでしょうか」

左の肩の縄を担ぎ直して、仁八郎が小屋を見つめていう。

「使われなくなって久しい感じがします」

確かに、屋根に草が生え、先ほどの扉があいたときの音もろくに人の出入りがないゆえだろう。

俊介は小屋をじっと見た。

「あのなかに勤左衛門どのは監禁されているのだろうか」

「はい、いるような気がします。いえ、おります」

厳しい視線を小屋に当てていた仁八郎が、いいきった。

「一人だけ、際立って弱々しい息をしている者がいます」

「それが勘左衛門どのか」

はい、と仁八郎が答えた。

「小屋のなかには、勘左衛門どのを除いて何人いる」

仁八郎が小屋を見る目を細めた。

「五人ではないかと思います。ええ、まちがいありませぬ。五人です」

「腕の善し悪《よしあ》しはわかるか。先ほどは猿のような身動きをする者がいたが」

「たいした腕を持つ者はいないものと思います。似鳥幹之丞のような、人を威圧するものはまったく感じられぬゆえ」

「やつらの不意を衝いて乗り込めば、勘左衛門どのを傷つけることなく助け出せるか」

仁八郎が瞳をきらりと光らせる。

「できると思います。やつらは今くつろいでいるようです。勘左衛門どのの側が一千両もの金を支度できぬのを知らぬのか、矢文を射込んだことで、もう半分以上、成功したような気分になっているのでしょう」

「ならば仁八郎、乗り込むか」

「はい、今ならやれましょう」

俊介たちは鉢巻に襷がけをし、股立を取った。これで身軽に動き回れる。最後に刀の目釘を湿らせた。これで乱戦になっても、刀が柄《つか》から外れるようなことはまずない。

「俊介どの」

仁八郎が神妙な面持ちで呼びかけてきた。

「賊どもを懲《こ》らしめたいお気持ちは重々承知しておりますが、決して無茶はされぬようにお願いいたします」

「わかっている。仁八郎としては、一人で飛び込みたいくらいであろう。俺はそなたの剣から逃れる者だけに的をしぼる。だから、俺のことは気にせず、存分に働いてくれ」

「では、俊介どのは小屋の外におられるということですか」

「うむ、そのつもりだ。そなたがいやだというのなら、一緒に飛び込むが」

「いえ、そのほうがそれがしにはありがたいことでございます」

「ならば、それでいこう。だが、仁八郎、くれぐれも油断すな」

「承知しております。俊介どの、これを」

仁八郎が縄を渡してきた。戦うのに邪魔ということだろう。

受け取って俊介は木陰を出た。先に行く仁八郎のあとを慎重に進み、小屋に近づいてゆく。胸がどきどきした。五人の浪人を捕らえ、勘左衛門を救い出すだけのことなのに、こんなふうになってしまうなど、おのれを情けなく感じた。しかも、ほとんど仁八郎任せだというのに。

本当に、仁八郎に賊退治をゆだねてしまってよいのか。自らに問いかけた。

「俊介どの」

不意に仁八郎がささやきかけてきた。

「妙なことはお考えにならぬように。俊介どのは大将なのですから、どっしりと構えておられればよいのです。先ほどの打ち合わせ通りに願います」

仁八郎に心中を読まれ、釘を刺された。俊介はしたがうしかなかった。わかった、と唇で形をつくる。

鯉口《こいぐち》を切った仁八郎が小屋の扉の前に立ち、あらためてなかの気配をうかがった。

少し扉から離れ、俊介も仁八郎にならった。

なかは静かだが、ひそやかな話し声が聞こえてくる。かすかな笑いが波のように広がっているのが、感じられた。賊どもは、確かにくつろいでいるようである。

気迫をみなぎらせた顔で、仁八郎が俊介を見つめてきた。まさに、触れなば斬らんという迫力が全身からにじみ出ている。

仁八郎が、行きます、と目で語りかけてきた。俊介は深くうなずいてみせた。

抜いた刀を右手に握り込んだ仁八郎が、足を振り上げた。蹴り上げられた扉はあっけなく吹っ飛び、刀を斜めにかざした仁八郎が、はじけ飛んだ木っ端《こば》を追うようになかに飛び込んだ。

仁八郎のあとに続きたい気持ちをぐっと抑え込み、俊介は心を落ち着けて、賊がいつ小屋を飛び出してきても、しっかりと応じられる体勢を取った。

俊介は小屋のなかを凝視したが、ひどく暗く、どこに仁八郎と賊がいるのか、定かでない。ただし、びし、ばしと肉を打つ音が響き、ぎゃあ、わあ、うげっといった悲鳴やうめき声がそれに続いた。壁に体が当たり、床に倒れ込むような物音も耳に届く。

だが、それもほんの数瞬のことでしかなかった。

――終わったのか。

天才のことだから大丈夫だろうが、と思いつつ、俊介は仁八郎のことを案じざるを得なかった。やはり、万が一ということがある。

「俊介どの」

元気そうな声に呼ばれ、ほっとした俊介は小屋をのぞき込んだ。そばに仁八郎が立ち、入ってくるよう手招いている。俊介は顎を引き、足を踏み入れた。

小屋のなかの暗さは相変わらずだが、目が慣れるにつれ、床の上を苦しげにもぞもぞと動いている影が五つあるのが、見えてきた。誰もが必死に立ち上がろうとしているが、それができずにいる。

刀は一人として手にしておらず、すべて床の上に置かれたままだ。仁八郎がいかに素早く賊全員を叩きのめしたかが、うかがい知れるというものである。

「勘左衛門どのは」

俊介は仁八郎にたずねた。

「無事にございます」

弾んだ声が耳にすんなりと入り込む。

「そこに」

仁八郎が指をさす。

壁に背中を預け、座り込んでいる初老の男がいた。鼻が高く、耳が小さい。黒玉のように、まん丸の目をしている。

「勤左衛門どのか」

歩み寄り、俊介は静かに声をかけた。

「は、はい」

しわがれており、少し苦しげではあるが、うれしそうな声だ。

「あの、どちらさまでございましょう」

「俺は俊介という。この男は仁八郎。里吉に頼まれて、そなたを助けにまいった」

里吉と聞いて、勤左衛門の顔に喜色が浮かぶ。ほう、と深い息をしみじみとついた。

「必ず助けてもらえると信じておりましたが、考えていた以上に早《はよ》うございました」

そうか、と俊介はいい、勤左衛門を見つめた。顔色は悪くない。むしろつやつやしているくらいで、疲れを感じさせない。

「元気そうだな」

はあ、と勤左衛門が間の抜けた声を発した。

「待遇は決して悪くありませんでしたので」

「そうか。それは重畳《ちょうじょう》。立てるか」

「はい、もちろんでございます」

俊介は手を伸ばした。ありがとうございますといって俊介の助けを借りて、よろよろと勤左衛門が立ち上がる。だが、めまいに襲われたかのようにふらついた。

「大丈夫か」

「は、はい、平気でございます」

勤左衛門はすぐに姿勢を立ち直らせて、すっきりとした笑顔を見せた。

仁八郎が俊介に、縄をくれるようにいった。俊介は、肩に巻いた縄を仁八郎に手渡した。

仁八郎が脇差《わきざし》で縄をちょうどよい長さに切り分け、賊どもを手際よく後ろ手に縛り上げてゆく。

がっちりと縛《いまし》めをされた五人の浪人は、壁際に並んで座らされた。まだ苦しそうな顔つきをしているが、全員が俊介たちを憎々しげに見つめている。

縄抜けを考えているのか、しきりに身動きしている者が一人だけいる。この男が首領かもしれない。

俊介は男を凝視した。首領らしき男は卑しさを感じさせる顔をしている。悪相といってよい。これまでどんな暮らしをしてきたか、如実にあらわれている顔だ。

公儀で政《まつりごと》にたずさわっている者も、この手の顔を持つ者が多いらしい。

俺も気をつけなければならぬ、と思う。もし父がはかなくなれば、自分が真田の棟梁《とうりょう》である。自らを律し、領民のための善政を敷き、私欲を制しなければ、いずれこのような顔になってしまうにちがいない。どんなことよりもそれが俊介には恥に思えた。

こんな面をさらしては、この世を生きてゆくことなど決してできぬ。

このような者の名をきくまでもない。知る必要もない。俊介は首領から目を離し、仁八郎を見た。仁八郎は善良そのものという相貌をしている。それだけで、俊介はほっとするものを覚えた。

「仁八郎、この者らは酒井家の郡奉行所に引き渡そう」

「はい、それがよいとそれがしも思います。いくら役人が弱腰だといっても、ここまでお膳立《ぜんだ》てしてやれば、なにもいわずに引っ立ててゆくでしょう」

「今から俺が勤左衛門どのを連れて郡奉行所に行ってくるゆえ、仁八郎はここでこの者どもを見張っていてくれ。すぐに役人を連れて帰ってくる」

それを聞いて、仁八郎が不安そうな表情になった。勤左衛門を連れてゆくとはいえ、俊介は一人になるも同然なのだ。もしその途次に俊介が襲われたりしたら取り返しのつかないことになる、と案じているのである。

「十分に用心するゆえ、仁八郎、大丈夫だ」

仁八郎がかぶりを振る。

「いえ、それがしには大丈夫とは思えませぬ。俊介どの、手間でしょうが、この者たち全員をこれより郡奉行所に連れてゆきましょう。そのほうが、それがし、安心できます」

俊介と仁八郎の会話を、勘左衛門が興味深げに聞いている。俊介たちになにやら曰《いわ》くがあることを、察したような顔つきである。

「うむ、そうか。わかった。確かに、そのほうがよいだろうな」

俊介はすんなりと承知した。

安堵《あんど》の色を浮かべた仁八郎が賊たちに凄《すご》みある目を当てる。それだけで、浪人たちが怖《お》じけの色を見せた。

首領らしき男の目にも、ひるみが走った。

この分なら、と俊介は確信した。逃げ出そうなどと不届きな考えは、誰一人として起こすまい。

第二章　若殿用心棒

一

　何度もおきみを見やる。

　これまで素知らぬ顔を決め込んでいたおきみが、苦笑混じりに見返してきた。

「もう大丈夫だって、俊介さん」

　あきれたようにいった。

「まことか」

　振り分け荷物を担ぎ直した俊介は顔を近づけた。おきみの顔をじっくりと見る。

「それだけちゃんと見たら、わかるでしょ」

にっこりと笑ったおきみの血色はよく、足取りも軽い。重い風邪にかかっていたことを感じさせる様子は微塵《みじん》もない。おきみが以前の健やかさを取り戻したのはひと安心だが、やはりまだ油断はできない。

「だがな、おきみ。風邪は万病の元というし、病の元がその小さな体にいまだにひそんでいるかもしれぬ、と俺はどうしても考えてしまうのだ」

「俊介さん、本当に治ったのよ。病の元なんていなくなっちゃったの。六日間もずっと寝っぱなしだったのに、もし治っていなかったら、そっちのほうが驚きでしょ」

六日のあいだ、おきみはほとんど眠っていた。体がきっと求めていたのだろう。

「確かにな。おきみ、よくがんばったな。えらかったぞ」

俊介はやわらかな髪を持つ頭をなでた。おきみはにこにこして、おとなしくなでられている。こうされるのが、とても好きなようだ。

「でも、眠っているあいだのことはなーんにも覚えてないのよね」

「おきみ坊、元気になって本当によかったのう」

伝兵衛がうれしそうに声をかける。今にも涙ぐみそうな顔つきだ。

「わしゃ、心配でならなかったぞ。このまま死んじまったらどうしようって、もう気が気でなかった」

「あのくらいじゃ死なないわよ。でも伝兵衛さん、ありがとう。こうして元気になったのは伝兵衛さんのおかげよ」

「わしだけじゃないさ。仁八郎も含めたみんなのおかげじゃ」

「ええ、もちろんよ」

おきみが仁八郎を見上げる。

「仁八郎さんが煎《せん》じてくれたお薬、思いっきり苦かったけど、とても効いたね」

「うむ、よく効いたな。もっとも、俺はお医者のおっしゃる通りにしただけだが」

「きっと煎じ方がよかったのよ」

「それならよいのだが」

おきみが俊介に顔を向ける。

「俊介さんは、夜も寝ずに看病してくれたんでしょ」

「夜は寝たさ」

「壁に寄りかかって、うつらうつらしただけでしょ」

「それは俺だけじゃない。伝兵衛も仁八郎も同じだ」

「疲れてない」

おきみが目をくりんとさせてたずねる。

「疲れてなどおらぬ。俺はまだ若いからな」

おきみが伝兵衛に眼差《まなざ》しを注ぐ。

「わしも疲れてなどおらぬよ。わしも若いからな」

「本当にありがとうございました」

おきみが大きな声でいい、深く腰を曲げる。近くを歩いていた旅人たちがその仕草に目を丸くする。

「おきみ坊、礼はもう何度も聞いたぞ」

「でもお礼って、いっていいすぎることはないでしょ」

「うむ、確かにその通りじゃ」

高畠村の村名主である勤左衛門を、救い出したあと、俊介と仁八郎は加古川の郡奉行所に行き、五人の賊を引き渡した。郡役人にはまるで初めて勤左衛門のかどわかしを耳にしたかのようにしつこいほどきかれたが、勘左衛門がなにがあったか、ていねいに説明したことで、役人たちも納得の顔を見せた。

　五人の賊は、加古川から酒井家の居城のある姫路に移され、町奉行所による厳しい取り調べを受けるとのことだった。村名主をかどわかし、身の代を要求した罪は重く、斬罪に処せられるのはまちがいない。

　俊介たちとともに高畠村の屋敷に戻った勘左衛門を見て、女房のおとらが涙を流して喜んだ。勘左衛門を救うためにいろいろと手を砕いた里吉も随喜した。屋敷の者が全身で喜びをあらわにしている最中、血相を変えた伝兵衛が俊介たちに寄ってきた。おきみがひどい熱を出したというのだ。

　俊介たちが部屋に駆けつけると、すでに医者が診ていたが、かたく目を閉じたおきみは荒い息をせわしげに吐き、汗を一杯にかいて苦しそうだった。俊介たちの問いかけにも目をあかなかった。

　はやり病にでもかかったのではないかと俊介は背筋に冷たいものを感じたが、医者の見立ては風邪だった。こじらせたというのである。小さな体を旅の疲れがむしばみ、それがここまで来て一気に爆《は》ぜたのだろう。

おきみに無理を強《し》いていたことに気づかなかった。そのことを俊介は恥じ、悔いた。こんなことでは、人としてまだまだだ。

俊介は医者の了解を取って、おきみの額に触れてみた。火を焚《た》いているように熱かった。人というのは、これほどの熱を出すものなのか、おきみは本当に大丈夫なのか、と俊介のなかで心配の度合はさらに大きくなった。

冷静な顔つきの医者は煎じた薬を冷まし、さじを使っておきみに少しずつ飲ませていった。昏睡しているおきみはなかなか口をあけなかったが、医者は飽きることなくその作業を続けた。唇を湿らせる程度でも根気よく続ければ、それなりの量が体に入ってゆくものなのだろう。

薬を飲んだからといって、効き目がすぐにあらわれるようなことはなく、おきみの顔色は青白く、息も荒いままだったが、その後、俊介たちは医者にいわれたように煎じた薬を二刻ごとにおきみに飲ませることをひたすら繰り返した。

五日目にしてようやく荒い息が去り、熱も信じられないくらいに下がり、おきみは唐突に目をあけた。俊介と視線が合い、おきみがそっとほほえんだ。

全身が感動の波で打ち震えた。この喜びは一生忘れぬと思ったほどだ。

目が覚めてからのおきみの快復は早かった。それから一日寝ていただけで、床を上げることができたのである。医者も、これなら大丈夫でしょう、と太鼓判を押してくれた。

一日、様子見の日をはさみ、おきみが熱を出して八日目の今日、俊介たちは勤左衛門やおとら、里吉の見送りを受けて西国街道を西に向け、再び旅立ったのである。

俊介の懐には十両の金がしまわれている。勤左衛門を無事取り戻した報酬である。

おきみの医者代も勤左衛門がみてくれた。俊介は遠慮したが、こういうことができるのも俊介さまたちのおかげですから、と勤左衛門に押し切られた。

無事に江戸に帰ったら、すべて返そうと俊介は心にあらためて刻んでいる。

旅立つ前、勤左衛門とおとらは俊介たちの正体を知りたがった。俊介の人品骨柄を見て、ただ者でないと感じたようだ。

俊介はその場では明かさなかったが、これも江戸に帰ったら、文で知らせることに決めている。

「ねえ、俊介さんたちが捕まえた五人の浪人は江戸の人なの」

おきみにきかれて、俊介は首をひねった。

「引っ捕らえて加古川に向かう途中、いろいろときいてはみたのだが、一人として口をひらかなかった」

「ふーん、そう、なにもしゃべらなかったの。じゃあ、どうして、あまり裕福とはいえない勘左衛門さんをかどわかしたのかや、なぜ夜のあいだに矢を放たなかったのかもわからないってことね」

「そうだ」

「そう、残念ね」

うむ、と俊介はうなずいた。目を前に戻し、西国街道を見やる。相変わらず大勢の旅人が行きかっている。朝方は曇っていたが、今はほとんどの雲が取れ、太陽は機嫌よさそうに穏やかな光を地上に投げかけている。

俊介たちは西国街道をゆっくりと歩き続け、やがて姫路宿に入った。加古川から、およそ五里といったところである。

まだ陽射しはあたりに満ちているが、今夜はこの宿場に宿を取るつもりでいる。

おきみのこともあり、無理をするつもりはない。

姫路は譜代筆頭の酒井家の城下町である。大勢の町人が明るい笑顔で通りを闊《かっ》歩《ぽ》していた。町屋からも笑い声が降ってくる。粛然と道を歩く侍たちもどこか機嫌がよさそうだ。これは、この町の景気のよさをあらわしているのか。

北側に、白鷺《しらさぎ》の異名を持つ姫路城の勇壮な天守が望める。漆喰《しっくい》の壁が、大きく傾いてきている太陽の光を浴びて、ほんのりと薄い輝きを帯びている。

美しいな、と俊介は見とれた。しかし、こんなときでも、俊介を守るために仁八郎は警戒の気持ちをゆるめることなく、あたりに厳しい視線を放っている。

いつまた鉄砲に狙われるかわからない身であるのを、俊介は思い出した。いったい誰が狙っているのか、今のところ判明していない。見当もつかない。

辰之助の仇である似鳥幹之丞の手の者かもしれないが、あの男が果たして鉄砲を使うものなのか。飛び道具は人殺しの手段としては手っ取り早いが、似鳥幹之丞には似合わない。あの男は刀剣の類を用いるのではないかという気がしてならない。

だとすると、いったい誰が狙っているのか。堂々めぐりである。

「ねえ、俊介さん。どうしてあのお城が白鷺城なの。鷺のようには見えないわ」

おきみが姫路城を眺めてきいてきた。

「おきみ坊、その手のことはわしに任せておけ。俊介どのはあまり物知りではないゆえな」

俊介は苦笑するしかない。

「おきみ坊、あの天守を含め、お城は白い漆喰の壁で全体が覆われているじゃろ。あの際立つ白さが白鷺を思わせるゆえ、といわれている。この先通ることになる岡山の城は黒壁の城として知られていてな、烏城《うじょう》と呼ばれている。岡山の黒い烏に対して、姫路の白い鷺といわれるようになったらしい」

「へえ、そうなの」

「ほかにも、あのお城のつくられた場所が鷺山というからとか、もともとあの場所に鷺がたくさん棲《す》んでいたからとか、そんな話も聞いたことがあるのう」

「伝兵衛さんは本当に物知りね」

そうじゃろう、と伝兵衛が鼻をうごめかす。

「おきみは見えないといったが、あのお城が鷺の羽ばたく姿に見えるから、という話もあるらしいぞ」

いわれて、おきみがあらためて姫路城に目を当てる。首をひねった。

「やっぱりあたしには見えないわ」

「わしも同じじゃ」

俊介も、鷺の飛ぶ姿というのは少し無理があるかな、と正直思った。白漆喰に彩られた美しい姿は優美で鷺に通ずるところはあるが、羽ばたいているようには見えない。

俊介たちは歩き続けた。

「あの店、お菓子屋さんかしら」

おきみが目ざとく見つける。二階屋の立派な建物の間口に、鮮やかな朱色をした暖簾がかかっていた。御菓子処と記された看板が、横に張り出している。

俊介の目はその看板から一瞬離れた。菓子屋のはす向かいにやくざ者一家のものらしい建物があり、人相の悪い男たちが声高《こわだか》に話しながら、どやどやと入ってゆくのが見えた。菓子屋の向かいにやくざ者か、と俊介は暗澹《あんたん》とした。

「ねえ、入っていい」

おきみが小首をかしげてきいてきた。瞳は期待で満ちている。

「ああ、もちろんだ」

俊介は深くうなずいた。

「俺も小腹が空《す》いているしな。疲れているときは、甘い物がなによりだ」

店の屋根に掲げられている扁額《へんがく》には、伊勢《いせ》屋と記してある。

この扁額には、俊介はいち早く気づいていた。もしおきみがいわなくても、自分から誘う気でいた。別の看板には、銘菓玉椿と記されている。

――うむ、まちがいない。

俊介は期待に胸を高鳴らせて暖簾を払った。

「いらっしゃいませ」

元気のよい声がかかる。見ると、若い娘が立ってこちらを見ていた。目がきらきらしてまぶしいくらいだ。

「これが玉椿か」

俊介は、白木の四角い盆にのっている桜色の菓子を見つめた。

「ご存じでいらっしゃいましたか」

「うむ、噂に聞いていた。とてもおいしいそうだな」

酒井家五代目の姫路城主である忠学《ただのり》と、十一代将軍家斉《いえなり》の娘喜代《きよ》姫とのあいだに縁談がととのった際、祝いの品として工夫を重ねて考え出されたものと俊介は耳にしている。玉椿を生み出したのは、この伊勢屋である。

「お召し上がりになりますか」

「ここで食べられるのか」

「もちろんでございます」

娘が横を指し示す。店の壁際に、毛氈《もうせん》が敷かれた一台の縁台が置かれていた。四人座るのに、ちょうどよい大きさである。

俊介たちはさっそく腰かけ、一つずつのせて娘が持ってきてくれた玉椿の皿を手に取った。

「まこと、きれいなお菓子ですのう」

甘い物に目がない伝兵衛が、よだれを垂らさんばかりの顔をする。おきみも目を輝かせて玉椿を見つめている。

全体が桜色の求肥《ぎゅうひ》で包まれている玉椿は四角い形をしているが、角は丸みを帯びている。大きさは一辺が一寸二分ほどで、厚みはその半分ばかりである。

俊介はそっとつまみ、口に持っていった。

「ふむ、なかは黄身餡《あん》か」

「なかなか粘りがある黄身餡ですの」

咀嚼《そしゃく》しながら伝兵衛が相好を崩す。

「しかも実に濃厚ですな。粘りがあるだけでのうて、しっとりとしておりますの。黄身餡と求肥が混ざり合って絶妙に舌に絡み、実にうまいですのう。よくできた菓子にござるよ。江戸にも、こんなにおいしい菓子はそうないのではござらぬか」

それを聞いて娘が顔をほころばせる。

「これは卵の黄身に砂糖、白あんを混ぜているのだな」

仁八郎が娘にきいた。

「はい、よくおわかりで」

俊介も感心した。

「甘い物をほとんど食さぬのに、仁八郎、よくわかるな」

「おいしい物だけはよくわかるのです」

「それは便利な舌だ。――おきみ、どうだ、うまいか」

おきみは目を閉じて陶然としている。じっくりと噛《か》み締めて食べている。喉が生き物のように上下し、それから目をあけた。

「こんなにおいしいお菓子、初めて」

「そいつはよかった。この店に寄った甲斐《かい》があったというものだ」

俊介は、うれしそうにほほえんでいる娘に目を注いだ。

「玉椿という名は、河合道臣《かわいみちおみ》どのが命名されたと聞いているが」

「はい、さようにございます。もともと椿の花に見立てたお菓子でございます。薄紅色は椿の花に、餡の黄色は花心をあらわしています。玉椿という名は、これ以上ないものだと私も思っています」

口のなかですぅっと消えてゆく上品な甘みを感じながら俊介は、姫路城に、と思った。河合道臣どのはいるのだろうか。それとも、もう下城し、屋敷に引き上げたのだろうか。

俊介たちは旅籠で食べる分も包んでもらい、伊勢屋をあとにした。

まだ日暮れまで間があることもあって姫路宿を急ぎ足で行き過ぎる旅人も少なくないが、早めに宿を取る者たちの姿も目立つ。

客引きの女中たちの声がかしましく、まるで喧嘩をしているかのようだ。いや、客を取り合って、実際に口喧嘩している者もそこかしこで目につく。

女中たちの手を逃れ、俊介たちは歩き続けた。

途中、小さな橋を渡った。おきみが欄干を握って下をのぞき込む。

「わあ、きれい」

眼下を七間ほどの幅の川が流れている。

「すごく透き通ってる。あっ、川に入ってお洗濯してるわ」

数人の男女が腰を折って、確かに着物のようなものを洗っているのが見える。

「おきみ、あれは洗濯しているわけではない。木綿《もめん》を晒《さら》しているのだ」

俊介は教えた。

「木綿はこのあたりの名産だからな」

「俊介さん、木綿を晒すってどういうこと」

「木綿から色を抜いて白くすることをいうのだ」

「ああ、そういうことか。ああして水に晒すから白くなるんだ。知らなかったわ」

俊介はにこりとした。

「旅に出ると、見聞が広まるな」

「うん、とても楽しいわ。なにか段々と一人前になってゆくような気がするもの」

「おきみ坊、その歳で一人前か。いいことじゃのう。わしなど、まだまだ一人前にはほど遠いわ」

「伝兵衛さんは半人前だものね。めげずにがんばってね」

「わしは半人前か。一人前になる日はいつかのう。だがおきみ坊、任せておけ。いつの日か、一人前になってみせるわ。わしはがんばるぞ。それ以外、取り柄がないゆえ」

俊介たちは鷹見屋《たかみ》という旅籠の前に来た。ここは姫路の宿場から少し離れているが、その分、静かで、体を休めるのには恰好《かっこう》の宿である。

この旅籠を薦めてくれたのは、勘左衛門である。建物はまずまず新しいし、食事もおいしい。風呂も広めにつくってあり、気持ちよく入れるとのことだ。

鷹見屋の隣は間口の広い商家で、なかで奉公人たちが帳面を手に忙しく働いていた。看板には木綿と出ており、扁額には都倉《とくら》屋とある。奉公人たちの顔には、いずれも少し翳があるように感じられた。

景気のよい町のなかで、これはどうしたことなのか。しかも特産品である木綿を扱っており、これ以上ないほど潤っているはずなのに、暗い顔になる理由があるのか。

しかし、わけをたずねるわけにもいかず、俊介たちは鷹見屋の暖簾を払った。

広い土間になっており、沓脱石《くつぬぎいし》を上がった先は板の間である。右手に階段が設けられていた。

「いらっしゃいませ」

番頭らしい男が笑みをたたえて寄ってきた。

「お泊まりでございますか」

「うむ、高畠村の勘左衛門さんの紹介でやってきた」

「ああ、さようでございますか」

男がにっこりとして揉《も》み手をする。

「手前は番頭の久助《きゅうすけ》と申します。お部屋はまだ余裕がございます。勘左衛門さんのご紹介ということでしたら、できうる限りのおもてなしをさせていただきます」

「それはありがたし。勘左衛門どのとは懇意にしているのか」

「はい、それはもう。うちのあるじも手前も、高畠村の出でございますから」

俊介たちは二階に案内された。廊下を進むにつれ、外の喧噪《けんそう》が遠ざかってゆく。

「こちらでございます」

通された部屋は、畳が少し古いが、掃除は行き届いており、横になっても体がかゆくなるようなことはなさそうだ。黒光りしている柱は太く、欄間も凝った造りになっている。床の間も設けられており、居心地はよさそうである。

「すぐ夕餉になさいますか」

俊介に宿帳を差し出して、番頭がきく。

「うむ、そうしてもらおうか」

「承知いたしました」

俊介は宿帳にすらすらと名を記し、それを久助に渡した。目を落とした久助が、怪訝《けげん》そうな顔になる。

俊介は先んじて告げた。

「名字ははばかりがあって、明かせぬのだ」

「はばかりでございますか」

「別に、罪を犯したとか、悪さをしたとか、そういうことではないゆえ安心してくれ。もし不安だったら、勘左衛門どのに問い合わせればよい。不安を取り払ってくれよう」

「いえ、そのようなことは不要にございます。お侍方のお人柄は、十分に見せていただきました」

辞儀をして久助が去った。

「おっ、ここは茶をいれられるようになっていますね」

うれしげにいって、仁八郎が茶の支度にかかる。

「あたしがやるわ」

火鉢にはすでに火が入り、鉄瓶《てつびん》に湯が沸いている。おきみが急須に茶葉を入れ、湯を注いだ。家でいれ慣れているのか、手際がよい。

俊介たちは熱い茶を喫した。

「うむ、おきみ、とてもうまいぞ」

「ほんとう」

「ああ、俺は嘘はいわぬ」

「それにしても俊介どの、茶を飲むと気持ちが落ち着くのはなぜでござるかな」

「なにかよい薬のようなものが入っているのではないか」

「そうかもしれませぬな」

伝兵衛が深くうなずいている。

「ところで、俊介どの」

伝兵衛の横に座る仁八郎が言葉を発した。

「河合道臣どのという方は、何者でございますか」

そのことか、と俊介はいった。

「河合道臣どのといえば、酒井家の名家老として江戸でも知られている人物だ。俺は是非一度会うてみたいと考えている」

「ほう、俊介どのが。名家老といわれるからには、理由があるのでございましょうね」

「うむ。あくまでも噂だが、姫路酒井家には七十三万両にも及ばんとする借財があったらしいのだ」

「ほう、七十三万両でございますか」

仁八郎だけでなく、伝兵衛もおきみも目をみはっている。

「それはまた、途方もない額でございますね」

「千両箱を七百三十個も積み上げることになりもうすな。いやはや、想像もつかぬ」

「金額が大きすぎて、どのくらいのものなのか、俺にもさっぱりわからぬ。それだけの大金を、いま酒井家は返済し終えようとしているとのことだ。河合道臣どのはその最大の功労者と聞いている」

「さようにござるか。それは、本当にすごいことでございますね」

仁八郎はほとほと感心したという顔だ。

「どうやって返したの」

俊介はおきみに目を向けた。

「酒井家の改革を行ったのだ。だが、たいていの改革の場合、謳《うた》われるのは倹約だけということが多く、それだけでは借財を返すことなどおぼつかぬ。河合どのは領内で物作りをしやすい仕組みをととのえたのだ」

俊介は、おきみたちを見つめた。三人とも真剣な顔で聞き入っている。

「河合どのの業績として最も有名なのは、姫路周辺の名産である木綿の江戸における専売を実現させたことだな。おきみ、さっき木綿を晒しているところを見ただろう」

「ええ、あれね。俊介さん、せんばいってどういう意味」

「専売というのは、ある商品を独り占めで売るということだな。独り占めという言い方はあまりよくないかもしれぬが」

「えっ。じゃあ、江戸で売ってる木綿は全部、このあたりでつくっているの」

「木綿のすべてとはいわぬが、九割以上は酒井家の息のかかった木綿問屋によって売られているというな」

「九割も。それって、すごく儲かるんじゃないの」

「ああ、儲けはとてつもないものだろう。木綿は着物に使われるし、ほかにも使い道はいくらでもある。江戸にどれだけの者が住まっているか俺は知らぬが、あの町で使われる姫路木綿はおびただしい量になろう」

「あたしの着物も、姫路の木綿かしら」

おきみが手で触れる。

「かもしれぬ。姫路の木綿は玉川晒とか姫玉とか呼ばれて、重宝されている。薄くて白く、しなやかでふんわりしている」

「いい品なのね。それなら、江戸の人たちに喜ばれるのも当たり前ね。どうして玉川晒や姫玉というの」

「姫路を初めとした西播州には、川がとても多いらしい。いずれも木綿を晒すのに適した清流だが、特に姫路城の西側の外堀役をつとめる船場川は水がきれいで、別の名を玉川というようなのだ」

俊介はいったん言葉を切った。

「おそらく、さっき渡った川がそうだろう。透き通っていて、とても美しかったな。あの川で晒された木綿だから、玉川晒と名づけられたにちがいあるまい。姫玉というのは、姫路と玉川を合わせたものだろう」

「木綿が売れて景気がいいから、姫路の人たちは顔が明るいのね」

そういうことだな、と俊介はいった。

「借財漬けで倹約をお題目のように唱えている他の大名家とは異なり、酒井家の今の威勢が景気のよさに結びつき、輝くような表情につながっているにちがいあるまい」

「真田さまはどうなの。倹約ばかりなの」

おきみが声をひそめてきく。俊介が真田家の跡取りということは、他者に知られてはならないことである。

「酒井家ほどではないだろうが、借財漬けなのは変わらぬな。倹約は声高にいわれている。家にどれだけの借金があるのか詳しくは教えてもらえぬのだが、少なくとも三万両はあるのでは、と俺は思うている。そのほとんどは、稲垣屋《いながきや》という大店《おおだな》からの借財だな」

稲垣屋の主人は誠太郎《せいたろう》といい、穏やかな風貌をしているという。もし自分が父の跡を継ぎ、会うことになれば、追従《ついしょう》の一つもいわなければならぬのだろう。

稲垣屋抜きでは、真田家はもはや立ちゆかないのだ。

「三万両でござるか」

伝兵衛が吐息を漏らす。

「返すのはたいへんでござるな」

「この地の木綿のように大金に化けるものがなければ、むずかしかろうな」

仁八郎は旗本の三男坊だが、自分の家の台所の苦しさはよくわかっているようで、切なそうな顔をしている。

「河合どのに会い、なにか示唆を得ることができれば、と俺は思うておる」

「人のやらぬことをやらねば、金儲けはできぬそうにござるが、俊介どのならば、きっかけ一つでなにかしでかすのではないか、という期待がわしにはござる」

「しでかす期待か」

「むろん、ほめ言葉にござるぞ」

「わかっておる」

「専売って、独り占めにして売るっていうことだけど、それを破ったら法度なの」

　おきみが新たな問いを放つ。

「姫路以外の土地の者が江戸で木綿を売ろうと思っても、許されることではない。わずかに認められているところもあるようだが、それは特例にすぎぬのだろう。今も他家から公儀に、姫路と同じようにやらせてほしいと願い出る声がしきりだそうだ」

「それをご公儀は許していないの」

「そうだ」

「どうしてなの。姫路の木綿がいくらよい物だといっても、いろんなところの木綿を自由に選べるほうが買うほうにしたって、ありがたいし、楽しいと思うけど」

「確かにその通りだ。だが、専売だからこそ儲かるのは、おきみもわかっているだろう。もし他家の割り込みを許したら、酒井家としてはうまみがなくなるゆえ、他家のそういう動きはどうしても阻止したいのだ」

「それは当たり前のことでしょうけど……」

　おきみが納得できないという顔で、小さく首を横に振る。

「実は、酒井家の殿さまには将軍家の姫が嫁いでおられる。河合どのは、木綿で上がる利益はその姫の化粧料と公儀に告げたようなのだ。将軍家の姫を大切に遇するために木綿の専売をしているのだといわれたら、公儀としては黙って認めるしかない」

「なるほど、そうして酒井家の専売は守られたわけね。もしよその土地の人が木綿を黙って江戸に持ちこんだら、どうなるの」

「抜け荷ということになるな。露見すれば、死罪になりかねぬ。それだけの重罪ということだ」

「ええっ、そうなんだ」

「うむ、死罪は厳しいな。江戸で木綿を売りたいのに、それは縛りがあってかなわぬ。木綿をつくっている者たちにとって、理不尽なこと、この上なかろう」

俊介は、隣の木綿問屋である都倉屋に思いがいった。どうしてあんな翳を顔に刻んでいたのか。河合道臣の行った改革で姫路の地は豊かになったはずだが、もしやきしみが出てきているのか。

そのとき廊下に人の気配がした。足音がこちらに近づいてくる。

それが部屋の前で止まった。

「お食事ができました」

襖《ふすま》越しに女の声がかかる。

「運び入れてもよろしいでしょうか」

「うむ、頼む」

俊介は背筋を伸ばし、膳が置かれるのを静かに待った。おきみと仁八郎は期待に満ちた目をしている。伝兵衛は腹ぺこだったと見えて、助かったという顔をしている。

二

勘左衛門のお薦めの宿だけに、食事は美味だった。特に海鮮が新鮮で、俊介たちは舌鼓を打った。

膳の片づけに来た女中に俊介は、さりげなくたずねた。

「隣の都倉屋だが、どこか元気がなかったように見えたのだが」

おきみと伝兵衛は気づかなかったらしく、そうだったのかという顔をしたが、仁八郎は遣い手らしく、見て取っていたようだ。

「ああ、さようでしたか。それでしたら」

女中は確信のある顔でいい、真剣な光を目に宿してごくりと息をのんだ。

「ここ五日ほどのあいだに姫路城下で押し込みが二度ありまして、それが両方とも木綿問屋だったんですよ」

襲われた二軒の木綿問屋は中安屋《なかやす》と円尾屋《まるお》といい、いずれも屈指の大店だった。家人、奉公人ともに皆殺しにされ、合わせて三千両を超える大金が奪われたとのことだ。

町奉行所が必死に探索を行っているが、犯人はいまだにつかまっていないという。

「二軒とも、ご家老の河合さまに特にかわいがられていたお店です。お隣の都倉屋さんも同じで、ご家老はときおりいらっしゃってはお茶を召し上がっていくようです。お隣さんは、同業の人たちが無慈悲に殺されたことを悲しんでいます。それだけでなく、次は自分たちが狙われるのではないかと恐れているのでしょう。

暗い顔をされるのも当たり前ですよ」

「そういうわけか」

「いくら景気がいいといっても、命あっての物種ですからねえ」

「木綿問屋が続けて狙われたのは、やはり特に景気がよいからだろうか」

「ええ、そういうふうにいわれています。今の姫路の景気は、木綿問屋が引っ張っていますからね。商談でよそから見える方も多くて、うちのような旅籠も大助かりですよ」

女中が小さく首を振る。

「でも、木綿問屋が押し込まれたのはたまたまで、今度はちがう商売の店が押し込まれても、おかしくはないですよね。呉服屋、塩問屋、造り酒屋など、ほかにも裕福なお店はいくらでもありますもの」

「犯人が何人かもわかっておらぬのか」

「はい、そのようです。町奉行所は一所懸命に調べているんでしょうけど」

中安屋と円尾屋という木綿問屋を襲って皆殺しにし、三千両を超える大金を奪っていったことから、犯人はおそらく一人ではないだろう。ただの一人でしてのけられる所行ではない。

「ああ、すみません。長っ尻になってしまいましたね」

女中が長話に気づき、腰を上げた。

その後、風呂に入って俊介たちは旅塵と疲れを落とした。

「今夜、都倉屋が襲われることはないのだろうか」

敷かれた布団の上に座り込み、俊介はつぶやいた。

「三千両もの金を奪ったとのことだが、実は金目当てではなく、うらみを晴らそうとしているというようなことはないのだろうか」

「うらみですか」

「江戸で木綿を売りたくても売れぬところだ」

伝兵衛が眉根を寄せて考え込む。仁八郎もむずかしい顔をしている。

「木綿を売ることができぬ悔しい気持ちはわからぬでもないのでござるが、結局、商売上の競《せ》りに負けたということでござろう。それをうらみに思って、果たしてそこまでするものかどうか」

「それがしも、伝兵衛どのと同じ意見でございます。それに、もし競りに負けた者たちがうらみを晴らさんとしているのだとしたら、よそ者がこのあたりに入り込んでいることになります」

「うむ、その通りだな」

「隠れ場所としてよほどいい場所を選ばぬ限り、この土地を知り尽くした町奉行所や郡奉行所の探索の輪を逃れることはできぬのではないでしょうか。一度で仕事を終えたというのならすでにどこかに去ったということもできましょうが、二度も姫路城下で仕事をしていることから、少なくともこのあたりにとどまって仕事をしているものと考えられます」

「初めての押し込みから五日もたっていれば、町奉行所は至るところを捜したに相違あるまい。それでも賊は見つからなかった」

「押し込みは、よそ者ではないのではないでしょうか」

「土地鑑のある者ということか」

「さようにございます。ところで俊介どの、この姫路城下に木綿問屋はどのくらいあるのでございましょうか」

仁八郎があらためてたずねる。

「俺もよくは知らぬが、三十軒はあるという話を聞いたような気がする」

「ほう、それはすごい。それだけの数があれば、自分たちの店が狙われるという懸念は減じられるかもしれませぬが、怖いことは怖いでしょうね」

「木綿問屋は用心棒を雇ってないのかしら」

俊介の隣の布団に横になったおきみがいう。

「いち早く雇ったところもあるだろうな」

俊介は答えた。

「しかし、急すぎて間に合わぬところがほとんどだろう。今は戸締まりを厳重にすることしか、できることはないのではあるまいか」

俊介もごろりと横になった。こうすると、やはり楽だ。疲れが抜けてゆくような心持ちになる。

それを見て、伝兵衛も横たわった。仁八郎は刀を抱いて、布団にもぐりこんだ。おきみと仁八郎の布団は、両側から俊介を挟み込む形で敷いてある。

「明日も早い。話はこのくらいにして寝よう」

俊介は灯《あか》りを消した。

部屋は闇に包まれたが、月が出ているのか、それとも常夜灯が灯《とも》されているのか、外から入り込んでくる淡い光が、部屋にほんのりとした明るさをもたらしている。

鷹見屋のなかは静かなものだ。まだ起きている者がいるようで、どこからかひそひそと話し込んでいる声がするが、疲れた体にはほとんど気にならない。

俊介はすぐに眠りに引き込まれた。

どのくらい寝たものか。

隣でもぞもぞと気配がした。

「仁八郎、起きたのか」

俊介はささやいた。

「はい。なにか、どうもいやな感じです」

仁八郎は外を気にしている様子である。

俊介は静かに上体を起こした。首を曲げ、おきみと伝兵衛を見やる。

おきみは規則正しい寝息を立てている。いかにも健やかで、つい先日まで風邪をこじらせて寝ていたとは思えない。伝兵衛は小さくいびきをかいていた。

「まさか隣ではなかろうな」

俊介は布団を上げ、立ち上がった。

「そうではないかと思います」

仁八郎もすっくと立った。

俊介は眉間《みけん》に縦じわを刻んだ。

「もう惨劇は行われているのか」

「いえ、まだそこまではいっていないようでございます。賊はこれから入り込もうとしているのではないかと」

「そうか。よし、仁八郎、まいろう」

仁八郎が帯に刀をこじ入れる。二人とも寝巻姿だが、着替えをしている余裕などない。一刻も早く駆けつけなければならない。

俊介は刀架の刀を手にし、腰に帯びた。

「どうされました」

伝兵衛の声がかかる。

「起こしたか。隣の都倉屋に異変が起きたようだ。仁八郎と様子を見てまいる。伝兵衛はおきみと一緒にいてくれ」

承知いたしました、と伝兵衛が布団の上に正座する。おきみも目をあき、もぞもぞと動いて起き上がった。

「おきみ、行ってくる。伝兵衛と一緒に俺たちの帰りを待っていてくれ。できるだけ早く戻る」

「わかったわ。いってらっしゃい。俊介さん、仁八郎さん、気をつけてね」

「うむ」

仁八郎が廊下に出、それに続いた俊介は襖を閉めた。廊下を歩きはじめると、泊まり客の豪快ないびきが聞こえてきた。うなるような寝言や耳障りな歯ぎしりも耳に届く。

それらを聞いている限りは、実に平和なものだ。隣の店でこれから惨劇が起きようとしているとは、まったく思えない。こんな刻限に起きている者は、俊介たち以外、一人もいない。

俊介たちは一階に降りた。土間に置かれている宿の草履《ぞうり》を履く。

宿の者もすっかり寝入っているようで、旅籠内は静まりかえっている。

だが、耳ざとく物音を聞きつけたようで、番頭の久助が奥の部屋からこわごわ出てきた。俊介たちを見て、はっとしたが、自らを励ますように声を発した。

「あの、お客さま、どうかされましたか。出立されるのでございますか。まだ九つ半くらいだと存じますが」

「都倉屋に押し込みだ」

俊介はささやくように告げた。

「ええっ」

久助がのけぞるように驚く。

「今、お、押し込みとおっしゃいましたか」

声がひどくうわずっている。

「久助、静かに」

俊介は人さし指を唇に当てた。

「あっ、はい、すみません」

「久助、ちょうどよい。ひとっ走りして、町奉行所に知らせてくれ」

「あ、あの、押し込みというのはまちがいないのでございましょうか」

俊介は仁八郎に目を当てた。

「まちがいない。今にも賊が押し入らんとしている」

仁八郎が断言する。

「というわけだ。急がねばならぬ。久助、戸をあけよ」

「承知いたしました」

「静かにな」

久助が戸口のさるをはずし、戸を横に滑らせてゆく。まるで油を垂らしたかのように、音が立たなかった。乾いた夜風が入り込み、俊介と仁八郎の寝巻の裾《すそ》をわずかにはためかせた。

賞賛の意味を込めて、俊介は久助の肩を軽く叩いた。久助がぎこちない笑顔を見せる。

仁八郎がそっと顔をのぞかせ、外の気配をうかがっている。

「いいでしょう」

俊介は久助を見つめた。

「では、行ってくる。町奉行所のほうは頼んだぞ」

「はい、承知いたしました」

仁八郎がそろりと出る。俊介も続いた。

初夏の候とは思えないほど夜気は冷えている。寝巻では寒いくらいだ。どこからか、もの悲しい犬の遠吠えが聞こえてきた。それが尾を引くように消えていった。

それを合図にしたかのように久助が戸口を出、俊介たちと反対側に走り出した。その足音が意外に闇のなかに響き渡り、賊どもに気づかれるのではないか、と俊介は案じた。

慎重に隣の建物へ近づいていった。昼間見たよりも建物の影はずっと大きく見え、のしかかってくるような感じを受ける。

店の前に人影はなく、あたりには静謐のとばりが降りている。本当に賊が押し入っているのかと思いたくなるような静けさだが、仁八郎が断言した以上、疑いようはない。

仁八郎が都倉屋の戸口を見る。しっかりと戸締まりがされており、押し入られたような跡はない。店のまわりには高い壁がめぐらされ、忍び返しもつけられている。

俊介は首を小さくひねった。

「裏か」

仁八郎が気配を嗅《か》ぐ。

「どうやらそのようです」

俊介たちは路地を入り、裏手に向かった。

店の裏には小川が流れ、小体《こてい》な桟橋に数艘の小舟が舫《もや》われていた。こちらも高い塀がぐるりを囲っており、忍び返しがしつらえられている。

ただし、船着場から延びた一本の水路が店の敷地内に通じているところは塀ではなく、がっちりとした水門が設けられている。水門は一丈近い高さがあるが、忍び返しなどの盗賊を防ぐ工夫はなされていない。その気になれば、あっさりと越えられるのではないか。

「あそこから入ったのだな」

俊介は仁八郎にささやきかけた。

「はっ、おそらく」

「よし、急ごう」

俊介たちは走り寄り、水門を見上げた。無造作に足を踏み出した仁八郎が音もなく跳躍する。小柄な体が宙を飛び、手が水門の扉の出っ張りにかかった。体を丸め、足を門の上にかけた。腕を使って上体を持ち上げ、門の上に座り込む。俊介に向かって手を伸ばしてきた。

俊介はためらうことなく地を蹴り、仁八郎の手をつかんだ。小柄な体からは信じられないほどの強い力が伝わり、あっという間に水門の上に引き上げられた。

俊介は闇を透かし見た。

手入れの行き届いた庭が広がっており、植木は気持ちよさそうに風に揺れている。池もあって、岸に小舟がつながれている。舟遊び用の舟にちがいない。

家人たちが暮らしているのか、母屋《おもや》らしい建物が庭の奥に見えている。その向こうの大きな建物は店になるのだろう。二つの蔵が、右手に並んで建っている。

両方とも、扉があけられた様子はない。血のにおいは、どこからも流れてきてはいなかった。

「行きましょう」

俊介と仁八郎は、水路からわずかに外れた地面に降り立った。足音を殺して仁八郎がするすると庭を進む。

俊介もあとを追った。

しゅっ、と風を切る音がした。仁八郎が危ないっ、と声を発し、俊介は我知らず地に伏せた。直後、頭上を鳥のようなものが通り過ぎていった。矢だ、と即座に覚った。

仁八郎が俊介をかたわらの背の低い茂みに導く。二人は茂みに身を隠した。

「見張りがいたのですね」

仁八郎が悔しげに唇を噛む。

「気づきませんでした」

「仁八郎が気づかなかったのなら、ほかの誰も気づくまい」

闇のなかに、短い口笛が鳴った。

「今のは、俺たちのことを仲間に知らせたのだな」

「はい、そういうことでしょう。賊は何人かいるということですね」

風が庭の草木を騒がしてゆく。

「矢の放ち手はどこだ」

「蔵の陰ではないかと思いますが」

「一人か」

「おそらく」

「仁八郎、どうする」

「放ち手が一人なら、ここは突っ込みたいところですが」

「俺が足手まといか」

「そんなことはありませぬ。ただし、正直なところ、飛び道具の前に俊介どのを立たせたくはありませぬ。突っ込むときは、それがしのあとについてください」

「承知した」

そのとき、大気の乱れのようなものを俊介は感じ取った。

「賊どもは逃げ出そうとしているようですね」

仁八郎が、茂みからわずかに顔を出していった。鋭い光を帯びた目は、闇をにらみつけている。

「店のほうです」

「追おう」

「少々お待ちください」

仁八郎が制止する。さっと体を茂みから出し、その場で少し立ち止まった。

風音がし、また矢が飛んできた。それを避けて、仁八郎が一気に走り出す。すでに抜刀していた。

「ついてきてください」

俊介はその言葉にしたがった。刀を抜き、肩に置いた。その姿勢で走る。

また闇の向こうから風を切る音が響いた。ちっ。舌打ちした仁八郎が刀を振った。ばしっ、と音がし、矢が地面を転がる。

また矢が飛んできた。それも仁八郎が叩き落とした。

仁八郎は蔵の陰を目指している。数瞬後、走り込んだ。俊介もその場に達した。

だが、そこには誰もいなかった。

「逃げたか」

仁八郎がまた駆け出す。母屋に向かっている。俊介も地面を蹴った。

庭を抜けると、母屋にぶつかった。濡縁のある部屋の雨戸が破られ、腰高障子があいていた。

濡縁にそっと乗った仁八郎が、部屋の様子をうかがう。今にも、至近からの矢が仁八郎の体を貫くのではないか、と俊介ははらはらした。

だが、危惧《きぐ》したことは起きず、座敷に音を立てずに上がった仁八郎がこちらを振り向いた。手招きする。

俊介は座敷に入り込んだ。

襖をそっと引いて、仁八郎がまた走り出した。俊介はひたすらついてゆくだけだ。

長い廊下を駆ける。賊の姿はどこにも見えない。矢も飛んでこない。

俊介には、賊たちの気配が感じ取れない。仁八郎はどうだろうか。

いきなり仁八郎が足を止めた。俊介もそれにならった。腰高障子で仕切られた部屋があり、そこから濃厚な人の気配がしてきていた。

なかの様子を探った仁八郎が俊介にうなずきかけ、静かに腰高障子をあけた。

八畳間に人がすし詰めになっていた。二十人近くいるだろう。全員、畳の上に座っていた。寝巻姿の者ばかりだ。幼い子も何人かいる。

老若男女を問わず、おびえた目で俊介たちを見ている。縄で縛られてはいないが、誰一人として動こうとしない。そうしていることが正しいことだと教え込まれでもしたかのように、ひたすらじっとしている。

「全員、無事か」

仁八郎がきいたが、誰も答えない。沈黙だけが支配している。

「俺たちはおぬしらを救いに来たのだ」

「あ、あの、どちらさまでございましょう」

年配の男がかすれ声でたずねる。

「隣の鷹見屋に泊まっている者だ。妙な気配を嗅いだので、駆けつけた」

仁八郎が説明する。

「そなた、あるじか」

俊介は年配の男にきいた。

「あっ、はい、さようでございます。市之助《いちのすけ》と申します」

「賊は逃げたか」

「はい、急に泡を食って立ち去りました。ここで刀を構え、手前どもを今にも殺そうとしていましたが、あっという間に消えました。手前どもは体が固まって動けずにおりました。そこにお侍方がいらしたのです。お侍方がいらしたから、賊は逃げ去ったのですね。手前どもは助かったのでございますね」

「うむ、その通りだ」

答えつつ、俊介はほっと胸をなで下ろした。賊があっけなく逃げたのは存外だったが、仮に腕の差が天と地ほどのちがいがあったとしても、仁八郎に刀を振るわせずに済んだのは幸いだった。

できるなら、仁八郎には人を殺させたくないし、危険な目にも遭《あ》わせたくない。

「賊は何人だった」

「五人でした」

「刀を手にしていたということは、侍か」

「そのように見えました」

「顔は見たか」

「覆面をしておりました。しかし、刀のぎらつきばかりが目に入り、もし覆面をしていなかったとしても、ほとんど顔に目がいくことはなかったものと」

「金は取られたのか」

「取られていません」

「金は外の蔵か」

大切な金のことに触れられ、市之助は一瞬どう答えようか迷ったようだ。

「いえ、蔵には木綿が積まれているだけでございます。金は、この奥につくられた蔵にしまってございます。そのことを知る前に賊は逃げたのです」

「そうか。金が無事ならばよいのだ」

俊介は皆を見渡した。

「怪我をしている者はおらぬか」

「はい、一人もおりません」

「町奉行所の者もすぐに駆けつけよう。それまでは一緒にいるゆえ、安心してくれ」

「ありがとうございます」

市之助が深く頭を下げ、ほかの者もそれに続いた。

仁八郎が、賊の放った四本の矢を拾い集め、調べはじめた。

「どうだ、特徴はあるか」

仁八郎が残念そうにかぶりを振る。

「いえ、ありませぬ。これらは、そのあたりで買える安い矢でございます。姫路の武具屋で手に入れたものかもしれませぬ。町奉行所の者が来たら、渡そうと思います」

町奉行所の者たちは、その四半刻後にやってきた。

仁八郎が炭崎《すみざき》と名乗った角張った顔つきの同心に、四本の矢を手渡した。

「これらの出どころがわかれば、賊につながるかもしれませぬ」

「おっしゃる通りにござろう。さっそく武具屋を当たってみることにいたす」

炭崎がていねいにいって、受け取った矢を中間《ちゅうげん》に渡す。

「お二人の姓名をお聞かせ願いたい」

向き直った炭崎にいわれ、俊介は口にした。

「それがしは俊介、この者は供の仁八郎と申す」

炭崎がいぶかしげな顔になる。

「あの、名字は」

「それは、ちとご勘弁願いたい」

「なぜでござろう」

「そのあたりはお察しくだされ」

俊介は悠然たる面持ちで告げた。

炭崎は当惑の表情だったが、すぐに気持ちを励ましたように別の問いを放ってきた。

「江戸より見えたのか」

「さよう」

「どちらまで行かれる」

「九州にござる」

「九州——。どんな目的でござろう」

「仕事にござる」

「仕事とおっしゃると」

下手《へた》に答えて、公儀の隠密《おんみつ》などと思われるのもわずらわしい。俊介は頭をめぐらせた。

「商用にござる」

嘘をいうと、腰のあたりがむずがゆくなるように落ち着かなくなるが、方便というい方もある。

「ほう、商売で九州に行かれると」

侍なのに商売か、と炭崎の顔がいっている。

「さよう。今時分は武家といえども、商売に励まねばならぬ。そのあたりの事情は、酒井さまをあるじとされるお方なら、おわかりではないかな」

木綿の専売のことは常に念頭にあるようで、炭崎がすぐさまうなずく。

「そういうことでござるか。では、名字を名乗られぬのも、もしやそのことに関してでござろうか」

俊介はなにもいわず、ただにこりとしただけだ。

それを炭崎は、諾との意味に取ったようだ。

「鷹見屋にお泊まりと聞きもうした。寝入っていらしたのでござろうが、どうして都倉屋にいらしたのでござろうか。まさか隣の異変に気づいたということはないと存ずるが」

「気づいたのでござるよ」

俊介は真実を淡々と告げ、それまで遠慮して俊介たちのそばに近づかなかった市之助を呼んで、事情を説明させた。

市之助の言のおかげで炭崎は不審の念を抱《いだ》かなかったらしく、むしろ、もっともであると感じたようだ。

俊介たちは鷹見屋に戻ることを許された。

すでに朝の七つが近いことは、肌で感じ取っている。緊張がゆるんだか、少し眠気がある。これから旅を続けるのなら、少し眠っておいたほうがいいかもしれない。寝不足がひどい疲れを生むことは、これまでの経験でわかっている。

「このたびは、まことにありがとうございました。本当に助かりました」

都倉屋をあとにしようとした俊介と仁八郎に、市之助があらためて礼を述べる。家人と店の奉公人たちも頭を下げた。市之助の孫なのか、三人の子も顔を並べている。

三人のうしろに十五、六と思える娘が立っていた。俊介をじっと見ている。

熱い視線で、俊介は目のやり場に困った。こほん、と咳払《せきばら》いして市之助を見やる。

「いや、礼はもうよい。市之助、少しは落ち着いたか」

「あっ、はい、おかげさまで」

市之助だけでなく、他の者も顔色はもとに戻りつつあるようだ。

「あの、お二人のお名をうかがってもよろしゅうございますか」

同心と同じことをいわれたが、俊介は面倒くさがることなく答えた。

「もちろんかまわぬ。俺は俊介、この者は仁八郎という」

「あの、お名字は」

「それは秘密だ」

俊介はほほえんだ。どういうことなのかと、市之助はあっけにとられている。

他の者たちも、不思議そうな顔を隠せずにいた。

「鷹見屋にお泊まりとのことでございますが、俊介さま方は、これからどちらに行かれるのでございますか」

「九州だ」

「それはまた遠い」

「俺たちはだいぶ近づいてきたと思うているのだが、そうか、やはりまだ遠いか」

「どのような用件でいらっしゃるのでございますか」

市之助が、はっとした顔になる。

「あっ、差し出がましいことを申しました。申し訳ありません。今のはお忘れになってください」

俊介は、また商用であるといおうとしていたが、二度も嘘をつきたくなく、少しほっとした。

「何事にも興味を持つことは悪いことではない。市之助、気にするな」

俊介はやせた肩を軽く叩き、仁八郎をうながして外に出た。

娘の目が追ってきているのを、俊介は感じた。だからといって、振り返ってにこりと笑い返すような真似はできなかった。

三

鷹見屋の土間に、おきみと伝兵衛がいた。

「待っていたのか」

俊介は驚いてきいた。

「うん、心配で」

「かなり冷え込んできているのに、ぶり返したらどうする」

俊介は、おきみの体が冷えているのに気づいた。

「伝兵衛、どうしておきみに無理をさせる」

「相済みませぬ」

伝兵衛が低頭する。

「伝兵衛さんを責めないで。あたしが無理をいったの」

そうか、と俊介は表情を和らげた。

「ありがとう、おきみ。心配をかけたな。だが、俺たちはどこにも怪我はない。

安心してくれ。さあ、部屋に戻ろう」

おきみがにっこりとする。俊介はその笑顔を見ただけで心がなごみ、一刻も早く長崎に連れていってあげなければ、と思った。

すでに俊介から眠気は去っていた。


おきみはすっかり快復したようで、今すぐに出立しても大丈夫とのことだ。男の子のように力こぶをつくってみせた。

一応、俊介はおきみの額に手を当てた。

「うむ、熱はないな」

おきみが頬をふくらませる。

「そりゃそうよ。あんな風邪、もう二度とかからないわ。病は気からというし、あたし、もっと気持ちを強く持つことに決めたの」

おきみはおきみなりに、急ぐ旅の俊介たちに迷惑をかけたという思いがあるのだろう。俊介は黙っておきみの頭をなでた。

俊介たちは着替えをし、手早く荷物をまとめ、いつでも旅立てる支度をととのえた。

俊介は伝兵衛、仁八郎、おきみを順繰りに見た。どの顔も生気があり余っている。年寄りの伝兵衛も、勘左衛門の屋敷に十日ほども逗留《とうりゅう》したのがいい休養になったようで、すっかり元気を取り戻していた。

よし行くか、と俊介は三人に告げようとした。とどまったのは、廊下を渡ってくる足音が聞こえたからである。

他の泊まり客も出立の支度に追われており、さまざまな物音や人の話し声や笑い声が襖や壁を通して聞こえてくるが、その足音はまっすぐこの部屋を目指しているように感じられた。なんだろうという顔で、仁八郎も耳を澄ませている。

「お客さま」

襖越しに声がかかる。番頭の久助だ。

「お客さまにお目にかかりたいという方がお見えなのですが」

伝兵衛が襖をあける。

「どなたかの」

「はい、都倉屋のご主人でございます」

「市之助か。なに用かな」

俊介は久助にただした。

「用件はお目にかかってからお話ししたいとのことでございます」

「礼なら何度も聞いたゆえ、もうかまわぬのだが」

「いえ、お礼ではなく、お客さまに用事があるようでございます」

俊介は仁八郎と伝兵衛を見た。

「会うだけならよろしいのでは」

伝兵衛が軽く首をかしげていう。

「会えば、断れぬかもしれぬぞ」

「俊介どのは、用件がなにか、見当がおつきなのでござるか」

「うむ、用心棒だろう」

俊介はあっさりと口にした。

「えっ、まことでござるか」

「十中八九まちがいあるまい」

同じように察していたらしい仁八郎が俊介を見つめる。

「俊介どの、どうされます」

「よくよく考えた末に、市之助はやってきたのだろう。よほど弱っているのだ。困っている者を見捨てるわけにはいかぬ」

「では、受けるのでございますね」

「うむ、そういうことになろうな。ただ、ほとんどあり得ぬが、市之助の用件が別のことというのも考えられる」

俊介は久助に、通すようにいった。久助は、ただいま呼んでまいります、と一礼して下がった。

「気にするだろうから、旅支度がすでに済んでいるのを、市之助に見せたくはないが、仕方あるまい」

久助に連れられて、市之助と店の番頭が俊介たちの部屋にやってきた。案の定、俊介たちの旅支度が終わっているのを見て、少し暗い顔になった。それでも気を取り直し、畳に両手をつき、額をすりつける。番頭も同じようにした。

「先ほどは危ういところをお助けくださり、ありがとうございました」

声に力を込め、朗々という。

「その件はもうよい。市之助、そなたの気持ちはわかっている。さあ、顔を上げよ。用件を聞こう」

俊介は明るい声を投げた。

市之助がわずかに顔を動かした。番頭は平伏したままだ。

「あの、お頼みしたいことがございます」

「うむ、申せ」

わずかに間があいた。市之助が大きく息を吸い、吐き出した。

「はばかりながら申し上げます。俊介さま方が先を急がれる旅の途上であることは重々承知いたしておりますが、手前どもの店をお守りくださいますよう、伏してお願い申し上げます」

「それは、そなたらの用心棒をつとめてほしいということだな」

俊介は優しくたずねた。市之助がそっと目を上げた。

「はい、率直に申し上げれば、そういうことでございます」

「だが、そなたの店は、押し込みに入られたばかりではないか。やつらはもう二度と狙ってこぬのではないか」

「おっしゃる通りかもしれませんが、正直なところ、手前どもは怖くてなりませぬ。もしなんの手も打たず、また押し入られたらどうしようか、おののいているところでございます。このままでは夜も眠れません。小さな子供もおりますし、ここはお力添えをお願いするしかほかはない、と思い至った次第でございます」

俊介は伝兵衛、仁八郎、おきみに目を当てた。伝兵衛と仁八郎の顔には、やはり見捨てるわけにはいかぬでしょう、と書いてある。おきみは、俊介さんならば受けるのが当然よ、といわんばかりの瞳で見返している。

おきみがよいのならば、と俊介は決心した。市之助にやわらかな眼差しを注ぎ、穏やかな口調で告げた。

「わかった。引き受けよう」

市之助と番頭が同時に顔を上げた。今のは聞きまちがいではあるまいな、と二人が顔を見合わせる。

「あの、まことでございますか」

市之助が自らに念を押すようにきいてきた。

「うむ、しっかと引き受けた」

「あ、ありがとうございます」

感激の面持ちで、市之助と番頭が再びひれ伏した。市之助が面を少し上げた。

「報酬の件でございますが」

「よし、聞こう」

用心棒を常の仕事とする気などさらさらないが、旅を続けるのにはとにかく費えがかかる。稼げるときに、富裕なところから遠慮なくもらっておいたほうがよい。今回の都倉屋の場合は、正当な報酬といえるのではないか。

「一日につき一分ということでお願いしたいのですが、いかがでございましょう」

それなら、四日で一両になる。用心棒の相場など知らないから、この金額が高いのか安いのかまったく見当がつかないが、おそらく市之助の性格からして、安めには言っていないのではないか。

「それでよろしい」

俊介が鷹揚にいうと、市之助が安堵の息をついた。もっとふっかけられるかもしれないと思っていたのかもしれない。

「食事代はどうなるのかの」

伝兵衛が横から口を出した。

「まさか食事代が、その一分から差し引かれるというようなことはあるまいの」

市之助があわてて手を上げる。

「いえ、そのようなことはございませぬ。すべて手前どもが供させていただきます」

伝兵衛が、うむ、と顎を大きく引く。

「それを聞いて安心した。しみったれたことを申すと思うかもしれぬが、こういうことは大事だからの」

「はい、おっしゃる通りでございます」

俊介たちは鷹見屋を引き払い、都倉屋に移った。

案内されたのは、母屋の座敷だった。日当たりがよさそうな八畳間で、これで夜が明ければ、明るさに満たされるのだろう。

市之助たちが主に暮らしている部屋からは、ほんの三間ばかりしか離れておらず、なにかあったらすぐさま駆けつけられる距離だ。

「一部屋でよろしゅうございますか。もしご要望なら、もう一部屋、用意いたしますが」

市之助が申し出る。

「いや、八畳間なら文句はない。我らは体を寄せ合うようにしていつも寝ているのでな」

俊介たちは荷物を置き、座敷に落ち着いた。

「お茶をお持ちいたしました」

かわいらしい声がし、腰高障子がするするとあいた。例の熱い目をした娘が盆を手にしている。失礼いたします、といって部屋に入ってきた。畳に茶托を置き、その上に湯飲みをのせてゆく。

「どうぞ、お召し上がりください」

「ああ、いただこう」

俊介をじっと見ていう。

俊介は湯飲みを手にしようとした。

「あっ、熱いので――」

忠告にしたがい、俊介はそっと湯飲みをつかみ、口に持っていった。

茶はびっくりするほど熱くはなかった。ほんのりと甘みが感じられ、穏やかな苦みが口中に広がってゆく。

「ああ、うまいなあ」

心の底からいった。

「うむ、これは実によいお茶だ」

伝兵衛もほめる。

「これだけおいしいお茶は、なかなかありませぬ」

仁八郎も満足げな顔だ。

そのなかで、おきみだけがむすっとしている。茶も飲んでいない。

「どうした、おきみ。飲まぬのか」

「飲むわ」

「そうか」

どうしておきみの機嫌が悪いのか、俊介にはわからない。

「俊介さまはおいくつですか」

娘がきいてきた。

「俺は二十歳だ。そなたはこの家の娘御か」

娘がぺろっと舌を出した。

「失礼いたしました。私はせつ、と申します」

「おせつどのか。そなたはいくつかな」

「十六でございます」

「では、じきに嫁に行くのか」

とんでもない、とおせつがいった。

「私は当分、嫁には行きません」

「そうか。だが、これだけの家なら、自分の意志で嫁に行く、行かぬを決めることは、むずかしいのではないのか」

「そのようなことはありません。おとっつぁんは、自分のしたいようにすればよいといってくれています」

「おせつどのは――」

「俊介さま。呼び捨てでお願いします」

「うむ、承知した。ではおせつ、そなたはなにかしたいことがあるのか」

「医者になろうと思っています」

「医者か。そいつはすごいな」

「このあたりは豊かな土地といわれていますけど、まだまだ赤子の間引きは当たり前のように行われています。そんななか、やっとできた赤子を失う夫婦もあとを絶ちません。赤子だけでなく、まだ五つに満たない子もたくさん亡くなっていきます。私は医者になって、そういう赤子や子供を救いたいのです」

「それはすばらしい気構えだな。もし子供が助かったら、皆、躍り上がって喜ぼう。うちの領内の者たちも——」

俊介は言葉を止めた。

「とにかく大勢の者が喜ぶに相違あるまい」

「俊介さまはほめてくださいますか」

「もちろんだ」

俊介が答えたとき、市之助がやってきて、おせつを呼んだ。

「おせつ、お茶を差し上げたらさっさと戻ってきなさい。無駄話などしてはいかん。俊介さまたちのお邪魔になるではないか」

「邪魔というようなことはない。よい娘御を持っているな。いや、孫娘か」

「はい、さようにございます。まったくおはねで、困りものでございます」

言葉とは裏腹に、市之助は穏やかな笑みを浮かべている。

「医者になろうという志を立てることは、とてもよいことだな」

「さようにございますか」

市之助は憂いのある顔つきになった。

「おせつ、おいで」

「召し上がったら、片づけにまいります」

おせつが俊介だけを見つめていった。

「おまえはしなくていい。他の者に来させるから」

市之助が厳しい口調で命じ、おせつは引っ張られるように廊下を去っていった。

「まったくおもしろくないわ」

おきみがぶつぶつつぶやいている。

「どうした、おきみ」

俊介が問いかけると、おきみがにらみつけてきた。その強い目に、俊介はたじろいだ。

「どうした」

「なによ、俊介さん。でれでれしちゃって。いやらしいったら、ありゃしない」

俊介は驚いた。

「俺は、でれでれなどしておらぬぞ」

「してたでしょ」

「しておらぬ」

「してたもん」

おきみが立ち上がり、ぷいっと外に出ていった。

「おきみ坊」

伝兵衛があわててあとについてゆく。

「仁八郎」

俊介は呼びかけた。

「今のはなんだ、いったい」

「俊介どの、おわかりにならぬのでござるか」

「まさか焼餅ではないよな」

「そのまさかでございましょう」

「しかし、おきみはまだ六つだぞ」

「六つでも立派なおなごにございます」

俊介は腕組みをした。

「六つの娘が悋気《りんき》とは。俺にはどうにも信じられぬ」

首を一つ振って、気分を変えた。

「仁八郎、これからは交代で寝ることにいたすか」

「はい、それがよいと存じます。俊介どのかそれがしのどちらかは必ず起きているということにせねば」

「ちょっとお待ちあれ」

おきみを連れて部屋に戻ってきた伝兵衛が口を突っ込んできた。おきみの機嫌は直ってはいないようだが、顔を見る限り、先ほどまでの怒りはないようだ。

「それがしは爪弾《つまはじ》きでござるか」

俊介は伝兵衛を見つめた。つやつやとして顔色はひじょうによい。

「伝兵衛、用心棒をやれる自信はあるのか」

「あるに決まっておりもうす」

「そうか。ならばやるか」

「やらいでか」

俊介は苦笑した。

「それは大坂の町人の言葉ではないか」

「さようにござる。俊介どの、意味はご存じでござるか」

俊介は即座に答えた。

「知らいでか」

「やらいでか、とか知らいでか、とか、どういう意味なの。大坂の言葉っていったけど、江戸でもその二つはよく聞くわよ。意味はなんとなくならわかるけど」

おきみがきいてきた。笑みを浮かべている。伝兵衛が、機嫌が直るようなうまいことをいってくれたのだろうか。

「やらいでかは、やらずにおくものか、やってやる。知らいでかは、知らぬはずがない、もちろん知っているという意味だな」

「ふーん、そういう意味だったの。威勢のいい江戸っ子にこそふさわしい言葉だわ」

「おきみは江戸贔屓《びいき》だな」

「当たり前よ。生まれ育った町だもの。私の故郷よ」

「俺の故郷でもある」

「それがしもでございます」

「わしもそうでござるよ」

「なんだ、全員江戸生まれの江戸育ちか」

当たり前のことなのに、これまで気づかずにいた。このことで俊介は、なんとなく四人の絆《きずな》がさらに深まったような気がした。

仁八郎が勧めるので、その言葉に甘えて俊介は先に眠ることにした。

「では、二刻ばかり寝かせてもらう。ときがきたら起こしてくれ」

刀を抱いた俊介は壁に背中を預け、目を閉じた。これから先、この仕事が終わるまでは布団に横になることはない。すでに俊介は凜然《りんぜん》たる覚悟を決めている。

報酬をもらう以上、この仕事をもっぱらにする者と差異があってはならないのだ。用心棒とは、人の命を守る仕事である。

義烈の士であらねばならない。

四

起こされた。

一瞬しか眠ったような気がしない。それでも、俊介はすぐさましゃんとした。目の前に仁八郎の顔がある。

「刻限か」

仁八郎がかぶりを振る。

「いえ、まだ一刻もたっておりませぬ。ただ、市之助どのが俊介どのに引き合わせたい客人がいらっしゃるとの由にございます」

すでに夜は明けたようで、座敷には明るさが徐々に忍び込んできていた。天気はよいようで、これからさらに明るくなるのだろう。

「引き合わせたい客人……」

「お二人とのことでございます。すでに客間で待っておられるようにございます」

「二人。どなたか」

仁八郎が首をひねる。

「二人とも武家にございますが、まだお名はうかがっておりませぬ。どうやら酒井家のお方のようでございますが」

「酒井家のお方か」

どなただろう、と内心でつぶやいて俊介は立ち上がった。町奉行所のお偉方が話を聞きたいと思ってやってきたのかもしれぬ。

仁八郎に先導されて俊介は客間に入った。

掃除が行き届いた客間には、二人の侍がいた。一人は五十代か。もう一人はもう少し歳のいった侍である。二人とも身なりはひじょうによい。絹の着物ではないが、木綿の最上のものが使われているのは紛れもない。町奉行所の者ではない、と俊介はとっさに判断した。

俊介の目は、どうしてか老侍のほうに引きつけられた。もう一人が落ち着かない目をして体を揺すっているのに対し、老侍は黙然と座っていることが関係あるのか。

いや、それよりも後光が射しているような明るさに老侍が包まれていることが大きいのだろう。

眉が太く、穏やかな光を放つ瞳はくっきりと澄んでいる。玉川と呼ばれる船場川の清流を思い起こさせる。顎がほっそりとしている割に両耳は大きく、いかにも福が宿っていそうである。

俊介は雷に打たれたように直感した。興奮を押し隠し、老侍の前に正座する。斜め後ろに仁八郎が控える。

俊介はあらためて頭を下げた。

「それがしは俊介と申す。お手前は河合どのでござるな」

老侍が上品に笑った。

「よくおわかりでございますな」

「それがしが思い描いていた通りの顔立ちをされていたのでな」

「ほう、さようでございましたか」

老侍がつるりと自らの顔をなでた。

目の前に、姫路酒井家の柱石である河合道臣がいる。俊介は高ぶりを抑えきれない。それでもなんとか道臣から視線をはずして、隣の侍に目を向けた。

道臣ばかりが注目されて、おもしろくなさそうな顔つきをしている。道臣と異なり、後光は射していない。つやつやと血色はよいが、むしろ卑しい顔つきというべきか。

額の横じわが谷のように深く、眉は品のない八の字を描いている。蛙のような厚いまぶたの下の目は細く、瞳は泥のように濁っている。上を向いた鼻は、一文銭でも入りそうなほど穴が大きい。唇は上が薄く、下は分厚い。耳は小さく、貧相そのものといっていい。

いっては悪いが、どうすればこれほどの悪相になるものなのか。

俊介はこんな顔つきの者がこの世にいることが正直信じられない。よほど悪いことをしているのではあるまいか。

悪相の侍は輿石西太夫《こしいしせいだゆう》と名乗った。痰《たん》が引っかかったようながらがら声だ。耳障りな悪声である。

「この輿石は次席家老をつとめておりもうす」

道臣が紹介した。ということは、酒井家では道臣の次に当たる身分ではないか。もし道臣が隠居すれば、西太夫が筆頭家老ということになろう。

俊介は我知らず目を落としていた。酒井家の暗い未来を垣間見たような気になったのである。この悪相の男が、道臣の跡を継いで同じような業績を残せるはずがない。俊介には確信があった。

「仕事はできる男でございます。それがしは信頼しておりもうす」

さようか、と俊介はいい、気を持ち直してたずねた。

「河合どの、輿石どの、こちらにはどうしていらしたのでござろう」

「都倉屋が押し込みに入られたと聞き及び、驚いてまいった次第にござる」

俊介は微笑で受けた。

「都倉屋はなにごともなく、幸いでござった」

「俊介どの、いや、俊介さまとお呼びしたほうがよろしいでござろうか」

目の前の男は、自分の正体を知っているのだろうか。俊介はいぶかしんだ。河合道臣が木綿の専売についての木綿問屋との打ち合わせで、何度か江戸に出てきているのは知っている。

そのときに、どこかで顔を合わせたのか。いや、一度たりとも会っているはずがない。会っているのであれば、こちらにも覚えがなければおかしい。

おそらく都倉屋のあるじの市之助から話を聞いたとき、名字を名乗らぬその者がやんごとない身分の者であることをすでに見抜いており、この対面で確信を抱くに至ったのであろう。

俊介は道臣にいった。

「河合どのの呼びたいように呼んでくだされ」

「では、俊介さま」

道臣がかしこまり、落ち着いた声音で呼びかけてきた。

「都倉屋が無事だったのは、すべて俊介さま、並びにそちらにいらっしゃる仁八郎どののおかげでございます。市之助に成り代わり、それがし、お礼を申し上げます」

「いや、そんなことをいう必要はない。それがしと仁八郎は当然のことをしたたまでだ」

「当然のこととおっしゃいますが、なかなか余人にできることではございませぬ。まことにありがとうございました」

俊介は軽くうなずき、別の話題を振った。

「河合どの、玉椿は実によくできた菓子にござるな」

「おう、お召し上がりになりましたか」

「昨日、宿場で買い求めもうした。とてもおいしゅうござった」

道臣が顔をほころばせる。

「それはようございました。伊勢屋の者が江戸の金沢丹後に菓子修業に出たのでござるが、その者は修業中、いくつかの新たな菓子を考えついたのでござる。玉椿はそのうちの一つにございますが、最も出来栄えのよい菓子でありもうした」

金沢丹後といえば、有平糖で名のある江戸で屈指の菓子屋である。伊勢屋の者が金沢丹後に修業に出られたのは、道臣の推薦があったからだと俊介は聞いている。

でなければ、姫路でのみしか知られていない菓子屋の者が、江戸の名店で働けるはずもない。

「工夫にはさぞかし苦労があったでござろうな」

俊介がいうと、道臣が首を縦に振った。

「さようにございます。伊勢屋の者は、そのときの血のにじむような苦労については、一切口にいたしませぬ。まったくたいしたものだとそれがし、いつも感心しておりもうす」

「苦労話は人に聞いてもらいたいものでござるからな。それがしも、伊勢屋の者のようになりたいものでござる」

道臣がにこやかに笑う。

「俊介さまは、お若いのに大人の風格をお持ちだ。もうそういうふうになっておられるように、それがしは思いまする」

「河合どの、ほめすぎにござる」

俊介は顔を引き締めた。

「ところで、都倉屋のことに話を戻しますが、よろしいか」

道臣も表情を厳しいものにした。隣の西太夫も真剣な光を瞳に宿す。

「短いあいだに三軒の木綿問屋が襲われたことになりもうすが、このことについて、どうお考えでござろう」

道臣が唇を湿らせた。

「もしかすると、うらみを買っているのかもしれませぬ」

「うらみでござるか」

俊介は仁八郎たちに、江戸で木綿を売りたくても売れぬところがうらみを抱いて襲っているのではないか、というような話をしたことを思い出した。

道臣がむずかしい顔つきになった。

「他に木綿を産する土地の者にございます」

「酒井家が木綿の専売をしている以上、商売の輪に入り込めぬ者がいるのは、それがしも解しております。だが、それは商売上のことで、うらみを抱くようなことではないのではござらぬか」

俊介は、伝兵衛と仁八郎がいった言葉を道臣にぶつけてみた。

「商売上のことならば、その通りにございます。しかし、ことはそれだけではないのでございます」

「といわれると」

「姫路以外の産地の木綿が江戸に持ち込まれれば、抜け荷になりもうす。

「捕まれば、死罪ということになるのでござるが、ここ最近、抜け荷で江戸の町奉行所に捕らえられる者があとを絶たぬのでございます」

「それらの者は、すべて死罪ということでござろうか」

道臣が首を横に振る。

「すべてということはございませぬ。お叱りの上、江戸を追放になる者がほとんどでございます。ただし、なかには大量の木綿を持ち込んだということで、死罪になった者もおりもうす」

やはり木綿の専売に関し、死んだ者がいたのか、と俊介は思った。

「では、その者たちのうらみを買っているといわれるのだな」

「さようにございます」

道臣が顎を深く引く。隣の西太夫はぶすっと押し黙っている。

「あと一つ考えられるのは、大坂の木綿問屋でございます」

俊介は言葉を挟まず聞き耳を立てた。

「以前、我が家《いえ》は大坂の木綿問屋を通して木綿を売りさばいていました。しかし、値を買い叩かれ、しかも大坂の問屋が吸い上げる利益がまさに搾取というにふさわしいもので、それがしは江戸でどうやれば売れるかを考えはじめました」

「そこで専売でござるか」

「さようにござる。手としては専売しかないと思い定めもうした。その目論見《もくろみ》は幸いにしてうまくいき、主家は借財も完済できそうなところまでやってきもうした」

道臣が少し間を置く。

「江戸で専売を行うにあたり、大坂の木綿問屋のすべてを切ったわけではないのでございますが、ほとんどの問屋との取引はきれいになくなりもうした」

「では、河合どのは、その者たちが姫路にうらみを抱いていると思うておるのでござるな」

「さようにございます」

道臣がうなずき、静かな口調で続ける。

「ただし、これまで木綿問屋が襲われたのは、おそらく前兆に過ぎませぬ」

「では、この先がまだあると」

いいながら、俊介は覚った。

「もしや河合どのが狙われるといわれるか」

道臣が大きく顎を上下させた。

「そういうことにござる」

「そこまでわかっていて、まさか手をこまねいているようなことはござらぬな」

「身辺は厳重にしてございます。守りばかりでなく攻めにも転じんと、家臣たちを調べに当たらせているところでございます」

「なにか摑《つか》めもうしたか」

道臣が唇を嚙み締める。

「いえ、まだなにも。今のところ、成果は上がっておりませぬ」

「さようか。それは残念でござるな」

道臣が威儀を正す。

「俊介さまは、都倉屋の警護をつとめられるとうかがっておりもうす。二度はないだろうとの油断を衝いて、襲ってくることは十分に考えられもうす。なにとぞ、都倉屋をお守りくだされ」

俊介は顔を動かした。

「力の限り守らせていただく」

「よろしくお願いいたします」

道臣が深々とこうべを垂れた。横の西太夫も同じことをしているが、なんとなく不服そうな感じを受けた。

頭を下げることに慣れておらぬのだな、と俊介は見て取った。

道臣と西太夫は立ち上がり、座敷をあとにした。俊介は仁八郎とともに見送りに出た。

店の外には、大勢の家臣たちが待っていた。それぞれ二十人ばかりで、十五万石の大名家の家老としては多すぎるような気がしたが、命を狙われているかもしれない河合道臣にとっては、このくらいの人数は当然のことだろう。むしろ、少なすぎるかもしれない。

仁八郎があたりに厳しい視線を放っている。俊介も警戒したが、道臣を狙っているような気配は感じ取れなかった。

二人の家老は、家臣たちが周囲をがっちりと守る権門駕籠《かご》に乗り込んだ。雲一つない空に君臨する太陽は明るく輝き、漆がたっぷりと塗られた担ぎ棒が、陽射しを弾いて黒光りしていた。

二挺の権門駕籠は、市之助を初めとする都倉屋の者たちの見送りを受けて、ゆっくりと去っていった。大勢の供が、駕籠と一緒に動いてゆく。

二挺の駕籠が辻《つじ》を折れて見えなくなったのを潮に、市之助たちが暖簾を払って入っていった。俊介たちも店に戻った。

「仁八郎もたいへんだな」

俊介はねぎらいの言葉をかけた。

「俺だけでなく、今度はこの店も守らねばならぬ」

仁八郎が白い歯を見せ、そっと顔を寄せてきた。ささやきかけてくる。

「正直申し上げて、それがしはこの店が再度押し込みに狙われるとは思っておりませぬ。ゆえに、それがしが警護をしているのは、俊介どのだけでございます」

俊介たちは伝兵衛とおきみの待つ部屋の敷居を越えた。ここにもあり余るほどの陽射しが降り注いでいた。畳への照り返しで、奥の壁のほうまで明るくなっていた。

俊介は腕組みをし、きれいに煤《すす》を払ってある天井を見つめた。

「賊が河合どのを狙っているかもしれぬというのは、心にぐさりとくるものがあるな」

「河合どのが賊に狙われているとおっしゃると」

伝兵衛が耳ざとくきいてきた。おきみも真剣な顔をしている。

俊介は委細を話した。

「そういうことでござるか。木綿問屋に次々に押し込んだ賊どもの終尾の目当てが、河合どのかもしれぬのでござるな」

「十分すぎるほど考えられることだ。おそらく、当たっておろう」

「俊介どのがおっしゃった、他の木綿の産地の者のうらみ、というのは、当たっていたことになりもうすな。ご慧眼《けいがん》、まこと畏《おそ》れ入ってござる」

「伝兵衛、追従口はいらぬ」

「ご無礼つかまつった」

伝兵衛が平身してから、言葉を続ける。

「となると、河合どのを狙っているのはこのあたりの者ではないと考えられもうすな」

「江戸からか、木綿の産地からか、それとも大坂から来たのか」

「依頼を受けたとするなら、殺しをもっぱらにする者でござろうか」

「十分に考えられるな。殺しをもっぱらにする者ならば、木綿問屋に押し込むことなど朝飯前だろう」

「しかし、終尾の目的が河合どのであるとするなら、どうして木綿問屋を襲ったのでございましょう」

仁八郎が疑問を呈する。

「三軒も続けて押し込んだことで、自分が狙われていることを河合どのは覚られもうした。これは、狙う側にとっては誤算ではないでしょうか」

「依頼者は、木綿問屋も懲らしめてほしいと願ったのかもしれぬ。あるいは、殺しを請け負う者に姫路の木綿問屋には金はうなるほどあると、教えたのかもしれぬ。金で殺しを請け負うような者は、金がこの上なく好きであろう。舌なめずりして押し込んだのかもしれぬ」

俊介は言葉を切った。

「ほかに考えられるのは、河合どのに対する脅しの意味だな。終尾の狙いが伝わることを承知で、賊どもは木綿問屋に押し込んでみせた。この場合、賊どもには河合どの殺しに関し、並々ならぬ自信があることになる」

「俊介どののおっしゃる通りにございます。どんなに警戒されていても、それを突き破る自信があることになりますから」

俊介は顎を手のひらでなでた。

「賊どもは、どのような手立てを用いて、河合どのを狙うのであろうか」

「あの、俊介どの」

「なんだ、伝兵衛」

「賊どもはもうこれ以上、木綿問屋は襲わぬということでござろうか」

「それはわからぬが、どこに本当の目当てを置いているか、河合どのに伝わったと賊どもは判断しているはずだ。三千両を超える金も手に入れている。これ以上、木綿問屋に押し込む意味は、俺にはないように見える」

「ならば、こちらから攻めに出たいですな」

伝兵衛が拳《こぶし》を固めていった。

「賊はよそ者でまちがいござらぬ。であるなら、町に出て捜し回れば、さほどときをかけることなく見つかるのではござらぬか」

「だが伝兵衛、俺たちは都倉屋の用心棒を請け負ったのだぞ。その仕事をうっちゃって、勝手に町をうろつくわけにはいかぬ」

「用心棒はお二人にお任せいたす」

伝兵衛がぬけぬけといった。

俊介は目をむいた。

「先ほどは、用心棒をやりたいと泣きついてきたではないか」

「泣きついてなどおりませぬ。ただ、気が変わったということにすぎませぬ」

「気が変わったか」

俊介は伝兵衛を見つめた。恰好の者が脳裏に浮かんでいるが、その者はこのところ姿を見せない。今どうしているのだろう。どこにいるのだろう。こちらが気づかない程度の距離を保って、ついてきているのではないかという気はするが、果たしてどうだろうか。

「探索仕事はできるのか」

俊介は伝兵衛にただした。

「もちろんでござる」

伝兵衛が胸を張った。

「すぐにでも成果をご覧に入れて見せましょうぞ」

おきみがうずうずしている。今にも、私も一緒に行きたい、といい出しそうだ。

伝兵衛はともかく、おきみは駄目だ。危うい目に遭わせるわけにはいかない。

俊介がおきみをとめようとしたとき、仁八郎がはっとした。天井を見つめている。

賊か。俊介は目できいた。伝兵衛が刀を手に、膝を立てた。おきみは目を丸くして、天井を見上げている。

「いいえ」

仁八郎が静かにかぶりを振った。

「どうやら、俊介どののお待ちかねの者がやってきたようでございます」

「弥八《やはち》か」

俊介は天井を仰ぎ見た。

「降りてこい」

その声に応じて、天井板がするりとあいた。角張った顔がのぞく。

「では、お言葉に甘えて」

音もなく弥八が畳に降り立った。

「そなた、やはり忍びなのではないか」

「実はそうだ。真田忍びの血を引いている」

あっさりという。

俊介は目をみはった。

「本当なのか」

「じいさんはそういっていた」

「詳しく話せ」

弥八が小さく笑う。

「今はそのようなときではなかろう」

「俺たちがここにいる事情は、わかっているのか」

「まあな。仁八郎さんに気配を覚られぬようにつけていたから、だいたいのことはわかっている。家老の河合さんを狙っている賊の居場所を探り出せばよいのだな」

「うむ、そういうことだ」

「馬鹿をいうでない」

伝兵衛が憤然と声を上げる。

「おぬし、わしの仕事を横取りする気か。うぬなどにやらせぬ」

弥八は一時、俊介の命を狙ったことがある。そのこともあって、心はだいぶ溶けてきたとはいえ、伝兵衛は弥八のことをこころよく思っていないところがいまだにある。

ちらりと伝兵衛を見た弥八が片膝をつき、俊介に目を当てる。

「どうだ、俺に任せるか」

俊介は伝兵衛を凝視し、そっとささやくような声でいった。

「爺、すまぬな。この通りだ」

頭を下げる。伝兵衛があわてる。

「いや、そのようなことをされることはござらぬが」

「伝兵衛さん、すまんな」

弥八が詫《わ》びの言葉を述べる。

「俊介さん、これでな。なにかわかったら、すぐに知らせる。待っていてくれ」

片膝をついていた弥八がさっと跳躍した。両手を伸ばし、天井板の隙間《すきま》に首を突っ込む。ほとんど瞬時に体も持ち上げていた。天井板が音もなく戻される。

なんとも鮮やかな手並みとしかいいようがなく、俊介は息をのんだ。

直後、天井裏を動く気配を覚えたが、それも一瞬にすぎなかった。

俊介は伝兵衛に目を当てた。

伝兵衛はがっくりきていた。うなだれて、目にも力がない。

かわいそうではあったが、人には適所というものがある。伝兵衛は明らかに探索に向いていない。

「伝兵衛、いいたくはないが、探索に関しては弥八のほうが上だ。それは、そなたもわかっているであろう。今はすべて弥八に任せればよい」

「そうはおっしゃっても、あの男、名古屋ではしくじりを犯しましたぞ。俊介どの、よもやお忘れではなかろうな」

弥八は、かどわかされたおきみの行方を追って熱田沖に浮かぶ一艘の大船に忍び込んだところ、似鳥幹之丞に捕まってしまったのである。

命までは取られなかったものの、大船のなかの牢屋に長いあいだ、おきみとともに監禁されていた。それを助け出したのは俊介たちである。

「忘れてはおらぬ。だからこそ逆に仕事を任せたい。あのしくじりを、弥八も取り返したいと思っているはずだ。その機会を与えてやらなければならぬ」

そういうことにござったか、と伝兵衛がうなるような声を出した。

「俊介どのの狙いは、よーくわかりもうした。賊どもの探索は、あやつに任せることにいたしましょう」

納得したようで、伝兵衛はすでにさばさばした顔つきになっている。

このあたりの気持ちの換え方の早さは、伝兵衛の美徳の一つであろう。

俊介は、伝兵衛のこういうところも大好きだった。自然、笑みがこぼれた。

それを見て、仁八郎が微笑を浮かべていた。

おきみもほほえんでいる。それがずいぶんと大人びていた。

第三章　隠居の脇差

一

五人の賊は、どこにひそんでいるのか。

今のところ見当はまったくつかないが、弥八は、必ず捜し出すと固く決意している。その思いは大黒柱のように揺らがない。

太陽は高く、光と熱を大地に放っている。町屋の屋根には陽炎《かげろう》が立ちのぼり、道の向こうには逃げ水が見えている。今日だけ取ってみても、探索の時間はまだたっぷりとある。

賊はよそから来た者ではないか、と俊介は推測していたが、弥八も同じ考えである。

もし賊が河合道臣を殺すことを最終の目標にしているのなら、今もどこかに隠れ、その機会を狙っているにちがいないのだ。

ただし、よそ者が姫路という狭い町にひそみ、長いあいだ身を隠していられるかというと、弥八には疑問がある。

姫路の町に限らず周辺の村にしても同じことで、江戸や大坂、名古屋のような大きな都会でない限り、よそ者は田舎では特に目立つものなのだ。

それなのに、町奉行所や郡奉行所の必死の探索にもかかわらず、賊の痕跡すら見つかっていないというのだから、不思議としかいいようがない。

探索する役人たちの才覚や力量に問題があるのかもしれないが、土地鑑のある者が多人数で捜してみて見つからないというのは、やはり解せない。

賊に、と弥八は思った。力を貸している地元の者がいるとしか考えようがなかった。だからこそ、巧みに身を隠していられるのだ。

賊に合力しているのは誰なのか。今は残念ながら、知りようがない。それがわかれば、賊のもとに行き着くのはたやすい。

姫路で惨劇を引き起こしている賊どもは、殺しをもっぱらにしている者なのではないか、と俊介たちはほとんど確信を抱いていた。その考えには、弥八も賛成である。

殺しを請け負うような者は、法度など、はなから無視してかかっていよう。そのような者が身を寄せるとなれば、どのような場所になるのか。

弥八は頭をめぐらせた。

一つぴんときたところがあった。

やくざ者だろうか。

やくざの一家には、渡世人の出入りがしきりである。一人で草鞋《わらじ》を脱ぐ者もいれば、二人で敷居をまたぐ者もいる。まとまった人数で一家に世話になる者もいる。

やくざ一家の近所に住む者たちも、賊が渡世人の恰好をして一家に世話になっていたら、それがまさか殺しをもっぱらにする者であるとは思わないのではないか。

この考えは悪くない、と弥八は思った。やくざ一家以外になにかいい場所があるだろうか、と考えてみたが、ほかには思い浮かばない。まずは姫路のやくざ一家を徹底して調べてみようと決意した。

姫路にどれだけの一家があるのか、弥八は知らないが、相当のやくざ者が城下に巣くっているのではないか、という気がする。

なにしろ姫路は、河合道臣のおかげもあって、景気がひじょうにいいのだ。金のめぐりのよい町には、必ずやくざ者が集まってくる。蜜に群がる蟻のようなもので、その目ざとさ、鼻の利《き》き具合には、弥八も感心してしまうほどのものがある。

姫路城を横目に入れつつ、足早に歩を進めてゆくと、さっそく最初の一家が見つかった。

間口は五間ほどで、『吉』と染め抜かれた紺色の暖簾がかかっている。吉造《よしぞう》とか、吉之助《よしのすけ》とか、吉次《よしじ》とかいうのが親分なのだろう。

戸口はきれいにあけ放たれており、なかは丸見えである。彫物をした男たちが所在なげに花札に興じている。ほかにも、丁半博打《ばくち》にふけっている者たちもいた。

いかにも暇そうで、活気は感じられない。さほど威勢のよい一家ではないようだ。

だからといって、素通りするわけにはいかない。弥八は建物の裏手に回った。こらちには高い塀がめぐっている。城でいえば搦手《からめて》に当たる場所だ。用心しないわけがない。

ただし、忍び返しなどは設けられていない。これならば、帳場格子を乗り越えるのも同然である。

弥八は人けがないのを見計らって塀を越え、一気に建物の屋根に上がった。姫路城がくっきりと望める。青空を背景にそびえ立っており、なかなかの迫力だったが、見とれている場合ではなかった。真っ昼間に屋根にいては、いつ人に見られるか知れたものではない。

手際よく瓦をはがし、屋根裏に忍び込んだ。

暗いが、もともと夜目は利く。埃っぽく、蜘蛛《くも》の巣が至るところに張っているが、音を立てることなく、気配を覚られることなく、この一家の親分がいるのではないかと思える場所を目指した。

建物の造りからしてこのあたりではないかというところで、ひそめた話し声が聞こえてきた。弥八は動きを止めた。全身を耳にして、下の様子をうかがう。なにかひそかな話し合いをしているようだ。神経を集中し、天井板をかすかにずらした。

煙でむっとしていた。眼下には三人の男が座り込んで、額を寄せ合っていた。やはり、なにごとか密談をしている様子だ。三人とも緊張しているのか盛んに煙管《キセル》を吹かしている。

弥八は聞き耳を立てた。幼い頃より鍛錬しており、今では蟻の這う音ですら聞き逃さない耳を誇っている。

弥八は苦笑を漏らした。下の三人は、親分と主立った子分のようで、賭場でのいかさまについて真剣に打ち合わせをしていたのである。

もし五人の賊をここにかくまっているとしたら、そんなことを話し合っている余裕はまずないだろう。この建物のなかには、賊どころか、草鞋を脱いだ渡世人が世話になっているような雰囲気もなかった。

この一家にはいない。見切りをつけ、弥八は早々に引き上げた。なにより、煙管の煙が煙たくてならなかった。

いったん屋根に出た。新鮮な大気がことのほかありがたい。弥八は瓦を直した。やくざ者の家とはいえ、雨漏りしたらさすがにかわいそうだ。

道に出て、足早に五町ほど進んだところで、足を止めた。

通り沿いに、別の一家が居を構えていた。こちらも、暖簾の奥の戸口は大きくひらいている。暇そうな男たちがごろごろしていた。

あたりは盛り場で、まだあいていないところがほとんどだが、煮売り酒屋や小体な料理屋、怪しげな飲み屋などが軒を連ねている。

昼間から女を抱かせる店でもあるのか、どことなく淫靡《いんび》な空気に包まれた一角である。遊び人ふうの者ばかりでなく、職人らしい者や商家の若旦那といっても通じるような男たちがうろつき、近所の女房らしい女や子供もなんでもない顔で通り過ぎる。

これだけ人通りがあれば、賊どもが身を隠すのには恰好の場所かもしれない。

弥八はまた裏手に回り、やくざ者の建物に忍び込んだ。

だが、ここも空振《からぶ》りだった。ここでは、奥の部屋に主立った者が顔をそろえ、まわりの飲み屋などから取る守料の話をしていた。それと、どうやらこの繁華な場所を狙って、別のやくざ一家がちょっかいを出しはじめているようで、それに対する手立ても真剣に話し合っていた。この一家には、とても五人もの賊を迎え入れるような余裕はなかった。

また道を歩きはじめた弥八は、次のやくざ一家を見つけた。

ここでは逆に、数人の男たちが、どうやって敵対するやくざ一家の縄張を奪い取るかの相談をしていた。どうやらこの一家が、先ほどの一家の縄張を狙っているようだ。

二つの一家の距離は、せいぜい三町ばかりでしかない。この狭いなかで二つのやくざ一家が、仲よくやっていけるはずもない。これまで、縄張に関するいざこざがなかったのが不思議なくらいである。

この一家の者も縄張を奪う話にひたすら熱中しており、この建物のなかに賊がいる気配など微塵もなかった。

再び通りを渡る風を浴びはじめた弥八は、むしろ感心していた。真っ昼間からやくざの上の者たちがこんなに一所懸命、頭を使っているとは思わなかったからだ。これまで忍び込んだ三つの一家は、とにかく生き残ることに必死になっていた。

あの連中には、今の侍たちがとっくに失ってしまった、がむしゃらさがある。

弥八自身、やくざ者になど死んでもなりたくないが、少なくとも遮二無二《しゃにむに》前へと突き進もうとしている姿は、見習ってもいいかもしれないと感じた。

弥八は、賊どもがひそんでいるのはやくざ一家ではないのではないか、となんとなく思いはじめている。どこか、隠れるのにもっと具合のよい場所があるというのだろうか。

――それはいったいどこなのか。

必死に考えてみたが、思い浮かばない。

もっと知恵がほしい。痛切に思った。

弥八は、話を聞くのにこの姫路に知り合いがいなかったか考えた。

一人もいない。江戸生まれの江戸育ちの者に、この地に都合よく知り合いがいるほうがおかしい。

やはり、自分の力で賊どもを見つけ出すしかない。伝兵衛の仕事を奪った手前もある。

とりあえず、ここは地道に調べてゆくしかあるまい。愚直にやるしかない。

決意した弥八はやくざ一家に忍び込みを続けた。

案の定というべきなのか、なかなか収穫はなかった。徒労との思いはあったが、なにもつかめなかったというのも、探索が進んだことになるのだ、と自らにいい聞かせた。

それからなおも、やくざ一家を調べ続けたが、結局、なんの糸口も手にできないままに日暮れを迎えた。

さて、どうするか。

しばらく考えた末、賭場に行って聞き込もうという結論を下した。やくざ者を調べるのなら、ここは突き詰めなければならない。中途半端に探索の舵《かじ》を切るのが、今は最もしてはならないことだろう。

どこに賭場があるか知らないが、鼻は昔から利く。弥八は足の向くままに歩き出した。

灯りなど必要ないが、この町も江戸と同じく、夜間に提灯《ちょうちん》なしで道を行くことが禁じられているとしたら面倒だ。弥八は提灯に火を入れた。

夜風に揺れる提灯の灯りを追うように、弥八は道を進んでいった。

やがて、ちんまりとした寺の前に出た。数人のやくざ者がたむろしている。

弥八は内心で笑みをつくった。

「入ってもいいか」

いうと、やくざ者がじろじろ見てきた。暗いなか、見覚えのある顔ばかりだ。

なんという一家なのか覚えはないが、昼間、忍び込んだ一家の者であるのはまちがいない。

「お足は持っているんですかい」

酒でやられたようながらがら声できいてきた。弥八は黙って財布を取り出し、中身を見せた。一分銀と一朱銀で、五両ばかりある。

それを見たやくざ者がにこりとする。意外に人のよさそうな顔になった。

「お入りくだせえ」

山門のくぐり戸を入った。賭場は正面の本堂でひらかれているようだ。

別のやくざ者に案内され、草履を脱いで本堂に足を踏み入れた。

何本もの百目ろうそくが惜しげもなく灯されており、賭場は外から入ってきた者には、まばゆいばかりの明るさに保たれていた。

盆ござを取り囲み、大勢の客が目を血走らせている。遊び人、商人、職人、年寄り、武家の隠居まで、実にさまざまな者がいる。女は一人も見当たらない。浪人と思える者はいなかった。侍は、隠居の武家らしい者がただ一人である。

肌をちりちりと刺すような熱気が渦巻き、まさに鉄火場と呼ばれるにふさわしい雰囲気に満ちている。

この賭場に、用心棒は二人である。一人は入口のそばに座り込んで居眠りをするような風情だが、実際には薄目をあけて客の品定めをしている。

もう一人は立ったまま奥の壁に背中を預けて、賭場全体を鋭い目で見渡していた。なにかおかしな真似をする者がいたら、すぐさま駆けつけられる姿勢を取っている。

刀の腕の善し悪しは弥八にはよくわからないが、少なくとも、二人の用心棒からは賭場を守ろうとする気概が感じられた。

この二人はどこからか流れてきた浪人なのだろうが、心構えからして例の賊ではないだろう。長いこと、この賭場を守ってきた者でまちがいあるまい。

弥八はしばらく壁際に戻り、盆ござの様子を眺めていた。場の流れというものは確実にあり、それに乗ることができれば、まず勝利は確実である。それには、こうして距離を置いて見なければならない。

弥八の知る限り、鉄火場と呼ばれる割にどこの賭場も静かなもので、ここも例外ではなかった。大きな声を出す者など、一人もいない。誰もが勝負に熱中している。取り憑《つ》かれているといってよい。

「そろそろいかがですかい」

やくざ者にいわれ、弥八は腰を上げた。流れは見極めた。その確信がある。必ずとはいわないが、十中八九勝てよう。

弥八は帳場で三両を駒に替え、壺振りの向かいがちょうどあいたので、そこに、どっこらしょと座り込んだ。

盆ござは二十人近い男が取り囲んで、壺振りにやけどするような熱い眼差しを注いでいる。弥八は、その者たちにさりげなく目を当てて、賊であるかどうか探ってみたが、怪しいと思える者は一人もいなかった。人殺しなどできそうもない、善良そうな顔が並んでいる。

ここからは弥八は勝負に集中した。

しばらく小金で遊んでいたが、待ちに待ったそのときがついに訪れた。

次はまちがいなく丁が出るという確信を抱いたのだ。どうしてそう感じるのか、自分でも説明のしようがないが、この機を逃す理由はなく、すべての駒を張った。

まわりからおうっ、という声が上がったが、それまで五回続けて丁が出ていたこともあり、弥八に対抗するように半に賭《か》ける者がほとんどを占めた。

鼓動を近くの者に覚られるのではないかと思うほど、弥八は心の臓がどきどきした。このくらいで高ぶってしまうなど男としてどうかと思うが、これぱかりは抑えるすべを知らない。

「手止まり、丁半、駒そろいました」

中盆の声とともに壺がひらかれた。

「四六の丁」

なんだい、またかよ、ちくしょうめ、と客たちから嘆声やうめき声が上がった。

確信があったとはいえ、弥八はさすがにほっとした。胸を押さえたかったが、それは自重した。盆ござの上にあった駒のほとんどが目の前にやってきた。山のように積み上げられた駒は壮観である。

弥八は、昔から博打が得意である。さすがに負け知らずとはいわないが、負けた記憶はほとんどない。もちろん、次に出る目が丁か半か前知できるはずもないが、たまさか、ここは丁でまちがいない、次は必ず半だ、と確信を抱けるときがある。そこを逃さず、一気に勝負に出る。もしその勝負に負けたら、潔くあきらめる。

博打は胴元が儲かる仕組みになっているが、唯一勝てるとしたら、この手法しかないのではないか。

目の前の駒の山から五枚を祝儀として盆ござに投げ、弥八はあとの駒を換金するつもりで、立ち上がろうとした。

隣の武家の隠居らしい者が、すがるような目で見ているのに気づいた。隠居の前には駒は一枚もない。今の勝負ですべてすったのだろう。こんな場所にいる者に情けをかけるなどどうかしていると思ったが、弥八は三枚の駒を隠居の前に押し出した。

「よいのか」

隠居の目が喜びに輝く。

「かまわんよ」

生き生きと光りはじめた瞳を見られただけでも、功徳のような気がした。

立ち上がった弥八は帳場に行き、残りの駒を金に換えた。三両の元手が六両になった。稼ぎとしては悪くない。いや、上々だろう。これでまた旅を続けられるというものだ。

すぐには賭場を出ず、弥八は帳場の近くに突っ立っていたやくざ者をつかまえた。

「ちょっとききたいんだが、ここ最近五人ばかりのよそ者が同業の家に草鞋を脱いだという噂を耳にしていないか」

「あんた、どうしてそんなことを知りたいんだい」

やくざ者が不審そうに問う。

「実は、俺は木綿問屋の者に頼まれて調べているんだ」

声を低くして告げた。やくざ者が驚きの目を向けてくる。

「じゃあ、あんた、もしや例の押し込みの行方を追っているのか。昨夜、都倉屋に押し込んだのは五人組と聞いたぞ」

「早耳だな。うむ、そういうことだ」

　二軒の木綿問屋の者を皆殺しにして大金を奪った押し込みのことはやくざたちも気にかかっている様子で、地元の有力な店が全滅させられたことには、さすがに憤りを隠せずにいるようだ。

「あんた、木綿問屋の縁者にでも依頼を受けたんだな。すべてとはいわねえが、木綿問屋が儲かっているために姫路の町は景気がいい。おかげで、賭場に足を運んでくれるお客も多くて、うちは繁盛している。おいらたちは並々ならねえ恩恵を、木綿問屋からこうむっているってわけだ。ここは一つ、おいらも真剣に考えねえといけねえな」

　うなるような顔つきで頭をひねってくれた。だが、やがて残念そうに顔を上げた。

「ちくしょう、心当たりはねえ。いくら考えてもそんな噂は聞いてねえぜ」

「一家でなくともいい。寺とか神社に、おまえさんたちは顔が利くだろう。五人の男が世話になっているという話を、そういうところから聞いてはいないか」

「うーん、おいらは知らねえな。木綿問屋が立て続けにやられたあと、寺や神社は、寺社奉行がだいぶ調べたようだぜ。なにも見つからなかったって話だけどさ」

「そのあいだ、おまえさんたちは賭場を休んでいたのか」

「そんなもったいないことはしねえよ。お寺社が必死に動いているそのあいだも、おいらたちは賭場をひらいていたに決まっているさ」

寺社奉行所の役人に、たっぷりと鼻薬を嗅がせてあるのだろう。寺社奉行所の手が入るとなれば、すぐさまつなぎがくるようになっているのである。

そのやくざ者は仲間にも当たってくれた。

結果は同じだった。礼をいって、弥八はこの賭場をあとにしようとした。

「もし」

うしろから呼び止められた。

声に聞き覚えがあり、弥八はゆっくりと振り返った。

二

書を閉じた。

そろそろ刻限だな。じき九つの鐘が聞こえてこよう。

静かに灯りを吹き消すと、部屋が闇色に染まった。それでも真っ暗ではなく、なんとなく淡い光が感じられる。

常陰段造《つねかげだんぞう》は立ち上がって襖をあけ、庭に面した廊下に出た。

夜気は涼しいが、さわやかとはいいがたい。雨が近いのか、ずいぶんと湿り気を帯びている。着物が肌にまとわりついて、あまり気持ちのよいものではない。

屋敷内は静かなものだ。宿直《とのい》の者はつとめを果たすために闇に目を光らせていようが、段造のそばには一人もいない。

沓脱の草履を履き、庭に降りる。

立木のあいだを縫うように抜けて、一軒のちんまりとした建物の前に出た。左手の奥にある建物はこちらとは比べものにならないほど大きいが、目の前のは土間と十畳ほどの板敷きの間が一つあるだけだ。それだけの広さがあれば狭くはない。十分であろう。

この建物は揚屋といい、武家を拘留しておく牢屋である。家臣たちには、しばらく揚屋には近づくなと申しつけてある。理由は告げていないが、その命を破るような者は一人としていない。

正面の扉に回り込み、段造は鍵を使おうとしてとどまった。もともと錠は下りていない。扉に手をかけ、力を込めて横に引いた。

建て付けがよくなく、耳障りな音が立った。今の音は宿直の耳に届いただろうか。

届いたかもしれないが、かまわぬ、と段造は思った。宿直の者が持ち場を離れ、ここにやってくることはない。

あいた扉の先に、土間が見えている。段造は音もなく敷居を越えた。

土間の向こうは牢屋になっている。近づくに連れ、牢格子がうっすらと見えてきた。

段造を目にして、五つの影が次々に立ち上がった。いずれも、身ごなしに変わったところはないようだ。

段造が牢格子の前に立つと、稲三郎《いなさぶろう》が足を進めてきた。この者たちのまとめ役である。

「刻限か」

低い声できいてきた。

「うむ」

夜空を伝った鐘の音が、揚屋のなかに鈍く入りこんできた。

稲三郎が首をかしげ、耳を澄ませている。軽く息をついた。

「ようやくか。待ちに待ったぞ。昨夜から、ずっとここを動かずにいたからな」

揚屋に鍵がかかっていたわけではないから、外に出るのはわけもないが、稲三郎たちは姫路の者の目に触れるのを恐れ、ひたすらじっとしていたのである。

「得物《えもの》は」

稲三郎に問われ、段造はうなずいた。

「うむ、いわれた通りに用意した」

牢屋の外を指し示した。

ちが出てくる。

「なに、礼はたっぷりともらっている」

段造は腰を折り、牢格子の扉をひらいた。這いつくばるようにして、稲三郎たちが出てくる。

全員が土間に立つのを待って、段造は扉を閉じた。

五人の男が揚屋をあとにした。外で全員が伸びをする。

「やはり外は気持ちがよいな」

照之介《てるのすけ》が大きく息をついていった。

稲三郎が、揚屋の壁に立てかけてある得物に目をとめる。

「こいつか」

一本を手に取って、感触を確かめる。

「うむ、扱いやすいな」

満足そうに笑っている。これから最後の仕事をしようというのに、余裕が感じられた。

他の四人も手にして、軽く振っている。

「こいつはいい」

「上等だ」

「しっくりくる」

口々にいった。

稲三郎が男たちを見回す。

「よし、行くぞ」

おう、と四人の男が控えめな声を返した。

「世話になった」

稲三郎が段造に礼をいう。

「いや。わしはなにもしておらぬ」

「そんなことはない。ここだって、なかなか居心地がよかった。飯もうまかった。慣れてみると、牢屋も悪くはない」

ふふ、と稲三郎が小さく笑む。

「おぬしに一つきいてよいか」

「なんなりと」

なにをききたいのか見当はついたが、段造はうながした。

「おぬしは酒井家の家中の士だ。それなのに、どうして俺たちに力を貸した」

「退屈だった」

ぽつりと答えた。顔を上げる。

「わしには、生きているという実感はない。ただ息を吸い、飯を食い、厠《かわや》にしゃがみ込むだけだ。妻はとうに逝った。子があれば、生き甲斐にできたかもしれぬが、それはいっても詮ないことだ」

「俺たちには主持《しゅうも》ちがうらやましくてならぬがな。つまり、おぬしの場合、金ではないということか」

「わしは、金は欲せぬ。贅沢はせぬし、ほしい物もない。生まれてこの方、ずっと倹約倹約といわれ続けだったゆえ、勤倹が体に染みついている」

「今も家中では倹約を唱えているのか」

稲三郎が不思議そうにきく。

「うむ。莫大な借財はほとんど返しつつあるとはいえ、もしまた贅沢を許したら、元の木阿弥になるのではないかという恐れが、お偉方にはあるようだからな」

「気持ちはわからぬでもない。噂では七十三万両もの借財と聞いた。それだけの金を返すのは、血を吐くような努力が要《い》っただろう」

「うむ、その通りだ。家中の者だけでなく、市中の者も相当の無理を強いられた」

「その借財返済の立役者を俺たちは亡き者にしようというわけだが、おぬしはそれでかまわぬのか」

段造は夜空を見上げた。なにか蝙蝠《こうもり》のようなものが頭上を横切っていった。

「河合さまの改革、施策でよい目を見た者はたくさんいる。だが、江戸に木綿を持ち込んだだけで抜け荷になり、死罪というのはあまりに重すぎる。殺された者が哀れでならぬ。莫大な借財を返し終わろうとしているのに、いまだに木綿の専売を続けようとする意味が、わしにはわからぬ。以前より、河合さまには一刻も早く表舞台から退いてもらったほうがよいと思っていた。だが、あのお方にその気はない」

段造は間を置いた。

「だから殺してよいということにはならぬが、おぬしらに力添えをしてもよいとは思った」

「ふむ、そういうことか」

「納得した顔ではないな」

稲三郎が苦笑する。

「俺たちのような者には、安住できる家があるのに、それをあえて捨てることになるかもしれぬ決断ができるというのが、理解できぬのさ」

「おぬしらは浪人だったな」

「生まれつきのな。筋金入りというか、れっきとした浪人だ」

「れっきとした浪人というのは、おもしろい言い方だ」

稲三郎がほっと息をつく。

「ようやく笑ったな」

段造は意外な目で稲三郎を見た。

「わしは笑っていなかったか」

「ああ、まったくな」

「そうか。それは気づかなんだ」

稲三郎が右手を挙げた。

「では、行ってくる。二度と会うことはないだろうが、吉報を期待していてくれ」

「うむ、承知した。次に会うときはあの世か」

「かもしれぬ」

稲三郎を先頭に、五人の男が裏門から出てゆく。

段造はその場に立って見送った。

男たちの影は闇に紛れ、やがてにじむように消えていった。

三

もし、という声に振り向くと、隠居が立っていた。

先ほど三枚の駒を回した隠居である。さっきまで帯びていなかった脇差が腰にある。もう勝負は終え、帰るつもりのようだ。

「駒はすってしまったのかい」

弥八が優しくいうと、照れたように隠居が白い鬢《びん》をかいた。

「せっかく回してもらったのに、あっという間に消えてしまった」

「今から屋敷に帰るのだな」

「うむ、することもないしの。今夜もけっこう遊ばせてもらったからな。もう腹一杯だ」

「そうか。それはよかった」

これで話は終わったと判断し、弥八は背を向けた。

「おぬし、人捜しをしているようだの」

弥八はさっと振り返り、隠居をじっと見た。

ひょろりとした細面で、どうあっても博打には勝てそうもない貧相な顔つきをしているが、どこか剽《ひょう》げた感じを全身から醸している。白髪が一杯だが、目は黒々として眼光が鋭く、そこだけを見ると、思慮深げに見えた。

「ご隠居、それについてなにか心当たりがあるのか」

隠居が賭場の中を見回す。相変わらず熱気に満ちている。この高ぶった雰囲気は、夜明け頃まで飽くことなく続くのだろう。

「ここでは、ちと話がしにくいの。外に出ようではないか」

弥八は隠居とともに本堂をあとにした。濡れたように重い闇があたりをすっぽりと覆っているが、大気が新鮮で、ほっとする。熱かった体が冷まされてゆくのを感じる。

隠居が深い息をついた。近くで梟《ふくろう》が鳴いている。どこかもの悲しい響きである。

「歩きながら話そうかの」

「ご隠居、もう九つに近いと思うが、こんな刻限まで遊んでいてよいのか」

「なーに、かまわぬよ。わしは離れに隠居所をもらっている。連れ合いは亡くなったし、母屋の者はとうに寝入っている。わしがなにをしようと関係ない。この賭場は近所だから、ときおりこうして遊びに来るんじゃ。いつも小金で楽しませてもらっている」

弥八たちは山門のくぐり戸を出た。相変わらずやくざ者がたむろしている。弥八たちと入れちがうように、今から賭場に入ってくる男が何人かいた。いずれも町人で、だいぶ聞こし召しているようだ。

勝負する前からこれでは、先は見えている。酒が入っていては、神経が研ぎ澄まされない。有り金をすべてするまで勝負してくれるにちがいない。やくざ者にとってはいい鴨だろう。

のんびりと歩を進める隠居の斜め後ろを、弥八はついていった。

「わしは国之介《くにのすけ》という。見ての通りの隠居じゃから、名字はいらんじゃろう。おまえさんは」

弥八は本名を名乗った。この年寄りに偽名など使う必要はない。

「ふむ、弥八さんか。おまえさんが捜しているのは、押し込みの連中とのことじゃな。なに、さっきやくざ者と話しているのが聞こえたのじゃよ。これでも耳はいいんじゃ」

うむ、と弥八はうなずいた。

「本当におまえさん、木綿問屋の者に頼まれて賊を捜しているのか」

鋭いところを衝かれ、弥八は一瞬、言葉に詰まった。

「どうしてそう思う」

「どうしてもなにも、おまえさん、この土地の者ではなかろう。身ごなしや目配りを見ていると、ただ者でないのはわかるが、土地鑑はなさそうだ。そういう者に、木綿問屋の者が探索の依頼をすることはまずない」

これには弥八は驚いた。

「国之介さん、ただ者ではないな」

「そうかな。まあ、昔はこれでも御家の大目付《おおめつけ》よ」

「なんだって」

弥八は目をみはった。まじまじと目の前の隠居を見つめる。

「そんなに驚くことはないではないか。よほど落ちぶれて見えるようじゃの」

「いや、信じられぬことはないが、元大目付が賭場通いをしているのか」

「隠居なのじゃから、かまうまい」

「だが、もしばれたら、せがれが困るのではないか」

「ばれたらそのときよ。もみ消すことくらい、できよう」

あっさりという。お偉方というのはこれだからいやなのだ、と弥八はちらりと思った。

「気を悪くしたようじゃの」

「いや」

ふふ、と国之介が笑いをこぼす。

「嘘をつくのが下手よの。おまえさん、誰に頼まれて動いている」

「さる人だ」

「名は」

「いえぬ」

「けちだの」

「それよりも――」

弥八は国之介に厳しい視線をぶつけた。

「押し込みのことだ。国之介さん、賊がどこにいるか、本当に心当たりがあるのか」

「いや、賊どもがどこにいるかなど、心当たりはまったくない」

ぬけぬけといった。

「なんだって」

「もし心当たりがあったら、おまえさんになどいわぬ。配下だった者たちに教えるに決まっておろう」

　つき合って損した、と弥八は思った。黙ってきびすを返そうとした。

「ちょっと待て。おまえさん、短気だの。話は最後まで聞くもんじゃ」

「よかろう」

　弥八は向き直り、国之介を見つめた。

「うむ、よい心がけじゃ」

　国之介が朗らかに笑う。

「賊は五人。これはまちがいないか」

「うむ。都倉屋の者がそういっている」

「都倉屋か。そういえば、昨晩押し込みに入られたと聞いたな。旅の者に救われたらしいが、無事でなによりじゃった」

　国之介が淡々とつぶやく。

「三日前の夜のことじゃ。わしには賭場仲間の静右衛門《しずえもん》という隠居がいるのじゃが、これが気になることをいうていたのじゃ」

「というと」

「三日前の夜、必ず行くといっていたのに、静右衛門は賭場になかなかあらわれなかった。あの男の連れ合いは口うるさくてな、やっと眠ったのを見計らって、賭場にやってきたのじゃが、その途中、五人ばかりの侍とすれちがったといっておった」

弥八は目を光らせた。

「その五人は浪人だったか」

「いや、暗くてはっきりとはわからなかったそうじゃが、袴《はかま》もはいていたようで、浪人には見えなかったそうじゃの」

「だったら、家中の者ではないのか」

「かもしれぬが、静右衛門はちがうのではないかと思ったそうじゃ。なんというか、家中の者なら、酒井家にしかない雰囲気やにおいみたいなものが体にしみついておる。物腰にも、酒井家の侍にしかないものがあろう。わしにもその感じはよくわかるが、静右衛門は、あの者たちには、そういうものがなかったといっていた」

浪人の格好をしていては、いくら夜のこととはいえ、目立つことを考え、主持ちの侍になりすましたのか。

「その五人を静右衛門さんはどこで見た」

「このあたりじゃ」

弥八はまわりを見渡した。周辺は武家屋敷ばかりである。姫路城の西側に当たるこの付近に、酒井家のほとんどの侍は住まっているはずだ。

「そうか、この辺で見たのか。となると、やつらは家中の士の屋敷にかくまわれていることになるのか」

「そうかもしれぬし、ちがうかもしれぬ」

弥八は国之介を見やった。

「家中には、金に目がくらんでかくまう馬鹿者も、残念ながらおろうのう。十五万石の家というのは、大大名とはいえぬまでも、相当の家といってよい。さまざまな者がおる。誰もが同じ考えとはいかぬ」

「その者たちは、どこからあらわれて、どこに向かった」

「北から南じゃな」

そうか、と弥八はいった。

「国之介さん、心当たりはないといったが、どうしてそのようなことを俺に教える」

「駒を回してもらった礼じゃ」

国之介が微笑を浮かべる。

「それと、この話は一応、元配下にはもう伝えてあるのじゃよ。だが、手がかりらしいものはなんら、つかめなかったようじゃな」

「国之介さんは、元配下の探索が甘いと考えているのか」

国之介がゆったりとかぶりを振る。

「そうは思っておらぬ。ただ、おまえさんのような者が調べれば、また異なる結果が出てくることもあろうと思ったまでじゃ」

弥八は闇を見回した。ふと思いついたことがあり、国之介にきいた。

「ここから河合屋敷は近いのか」

「河合というと、筆頭家老の河合道臣どののことか。ああ、近いの。おまえさん、河合屋敷に賊がひそんでいると思っているのか。——いや、そういう顔ではないの」

　国之介が眉根を寄せて考え込む。

「おまえさん、次は河合道臣どのが狙われていると思っているのか。確かに考えられぬではないの。つまり賊どもは、三日前に河合屋敷の下見をしたということか」

　弥八は大きくうなずいた。

「河合さんは、襲われるかもしれぬことにとうに気づいている。自身の警護は、すでに相当厳しいものにしているようだ」

　さようか、といって国之介が深いため息を漏らす。

「ならば、狙われていることを知らせに行く必要はないの。それにしても、わしも迂闊《うかつ》よの。河合どのが狙われることなど、まったく頭になかったわ」

　歩を進めながら国之介が顔を上げた。闇のなか、どこか遠い目をしている。

「もともと、河合道臣という人物は切れすぎるほどなのじゃが、性格は穏やかで、声を荒げることもなく、とてもよい男なのじゃ。とにかく主家と領民思いでな、いつも頭にあるのはその二つじゃの。ほかに熱中しているのは茶の湯と硯《すずり》か」

「硯……」

「河合どのは硯集めが趣味なんじゃ。百面ほどは持っておろう」

国之介が一転、顔を厳しくする。目に力強い光が宿る。

「賢い男だから河合どのの目には、他家のこともはっきりと見えていたはずなのに、少し軽く見ていたのかもしれぬ。そのあたりが切れすぎるといわれるゆえんじゃの。頭のよい者は、物事をどこか軽く見すぎるところがある。わしは河合どののそのあたりに危うさを感じていたのじゃが、どうやらその危惧がうつつのものになろうとしているのじゃな」

鼻から太い息を吐いて、国之介がかたく腕組みをする。

「三日前に賊どもが河合屋敷の下見をしたのだとしたら、襲撃はほど近いということかの」

今夜ということはあり得るのか。弥八は自問してみた。

十分に考えられる。いや、今夜以外、考えられなくなってきた。

ぐずぐずしてはいられない。賊どもはもう河合屋敷に乗り込んでいるのではないか。焦りの炎が背を焼くが、ここは冷静にならなければならない。

得物は、懐にのんでいる匕首だけだ。少なくとも五人の賊を相手に、これでは話にならない。

弥八は、国之介の腰に目を当てた。

よくよく見れば、立派な拵《こしら》えの脇差である。切れ味も使い心地も、すばらしくよいのではないか。

四

気になる。

眠れない。

自分が小心者であるのは、よくわかっている。だから、こうして寝返りばかり打っているのも、道臣にとって不思議ではない。

身辺の警護は、さらに分厚いものになっている。今もこの寝所《しんじょ》を囲むように、寝ずの番の者が十人以上いる。

たちどころに駆けつけられるように、ほんの三部屋向こうにも二十人もの家臣が控えている。今は、英気を養うために全員が眠っているが、ひとたびことが起きれば、跳ね起きる手はずになっていた。

仮に五人の賊がこの屋敷に押し入ってきたとしても、これだけの人数がいれば、捕らえられるのではないかと道臣は考えている。

誰に頼まれたか白状させるために、できれば捕らえたいが、それがかなわなければ、斬り殺すのも致し方なかろう。冷たいようだが、それが武家というものだ。

道臣は静かにため息を漏らした。

主家のためによかれと思ってしたことだが、よその土地の者のうらみを買ってしまった。

木綿を江戸に持ち込んだだけで死罪にされれば、と思った。自分や姫路の木綿問屋のことをうらみに思うのも無理はない。

だが、いくらうらみを晴らすためとはいえ、いきなり木綿問屋に押し入って店の者全員を殺し、大金を奪ってゆくというのは、いくらなんでもやり過ぎではないか。

殺された者の無念を晴らすために、ここはきっちりとやり返さなければならぬ。

道臣はかたく決意している。

道臣の身辺を守る家臣たちに油断はない。とてつもない剣を遣える者はいないが、それぞれがよい腕をしており、頼りになる者たちだ。賊を前にして、ひるんだり、逃げたりする者もおるまい。精鋭といってよい。この三十人の家臣の壁を、五人で突き破るのは至難の業であろう。

もし五人でなく倍の十人で襲ってきたとしても、結果は同じことだ。

でき得るならば、家臣から死者は出したくなかった。鎖帷子《くさりかたびら》を必ず着けるようにいってあるが、あれを着込んだからといって、どれだけ敵の斬撃を防げるものなのか。

道臣自身、もちろん実戦の経験はないから、鎖帷子が持つ防御の威力がどれくらいのものなのか、さっぱりわからない。

賊どもが押し入ってきたら、押し包み、とにかく捕らえることだ。それができなければ、仕方ないが、やはり殺してしまうしかない。

考えてみれば、誰が送り込んできたかなど、さして重要なことではない。

もし今回の者たちを捕らえるなり、殺すなりしても、また新たな者がこの地を踏むことになるのだろうか。

やめてほしい、道臣は思った。切りがない。

いつもは一緒にいる妻の泰子《たいこ》はそばにいない。できれば実家に帰したかったが、それは妻がいやがった。旦那さまの危機に自分だけがのうのうとしているわけにはいきませぬ、といったのである。

今はここから十五間は離れた部屋で寝てもらっている。おそらく眠ってはいないだろう。きっとこちらの身を案じているにちがいない。

いま何刻なのだろう。

道臣は、うっすらと見えている天井を見つめた。九つを半刻ほど過ぎたくらいではなかろうか。深更といってよい。

風が少しあるのか、庭の梢《こずえ》が騒いでいるが、耳に届くのはそのくらいで、あとは静かなものだ。宿直の家臣たちも闇をにらみつけて、ひたすらじっとしているのか、謦咳《けいがい》一つ聞こえてこない。

道臣は、はっとした。今なにか聞こえなかったか。息が詰まるような音だったように思えたが、勘ちがいだろうか。

いきなり、どたん、と簞笥《たんす》でも倒れたような音が響いた。

「出合えっ、出合えっ」

「曲者《くせもの》ぞっ」

「龕灯《がんどう》をつけろ」

「そっちだ」

「捕らえろ」

家臣たちの叫び声が道臣の耳を打った。

——来た。

道臣は布団をはねのけ、立ち上がった。刀架の刀を手にする。

二十人の家臣が目を覚ましたか、次々に部屋を飛び出してゆくのが音から知れた。

「殿っ」

一人の家臣が血相を変えて、寝所に飛び込んできた。宿直の一人だ。片膝を畳につく。

「賊が押し入ってまいりました」

「うむ。わかっている」

道臣は冷静に顎を引いた。

「よいか、殺すな。生かして捕らえよ」

「はっ、承知しております」

道臣のもとに十人近い家臣がずらりと勢ぞろいし、強靱《きょうじん》な壁をつくりあげた。それを見て、安心したように宿直が寝所を出ていった。顔はこわばっていたが、落ち着いている。あれなら大丈夫だろう、と道臣は思った。

立て続けに悲鳴が耳に届いた。肉を打つような音もする。家臣が斬りかかってゆくのか、気合の籠《こ》もった声が屋敷内に轟《とどろ》く。刀と木の棒が打ち合わされるような鈍い音がしきりにしている。これが剣戟《けんげき》の響きなのか。想像していたものとは異なる。

壁をつくりあげている家臣の何人かが龕灯を手にしている。明かりの輪を、戦いの音が突き抜けてくる目の前の襖に向けていた。

不意に、ほんの近くで悲痛な悲鳴が上がった。賊のものか、それとも家臣なのか。

確かめるのが怖い。道臣の胸はぎりぎりと痛んだ。家臣のものでなければよいが、それは希望に過ぎないかもしれない。

悲鳴、気合、肉を打つ音が、徐々にこちらに近づいてきていた。道臣としては考えたくはなかったが、これは家臣たちが押されていることを意味するのではないか。

賊は何人いるのか。もしや五人ではなく、大勢で押し入ってきたのか。でなければ、家臣たちが押されるはずがない。

すぐ間近で、喉の奥からほとばしるような悲鳴が放たれた。

道臣は耳をふさぎたかった。だが、この家のあるじとして、決してそれはできない。

目の前の襖が激しくたわんで、ばんと倒れ込んできた。刀を握った手で肩を押さえて、家臣が音を立てて襖に横たわる。うめき声とともに体をよじっている。血は流れていない。どうやら肩の骨を折ったようだ。

なんということだ。

道臣は呆然《ぼうぜん》としかけた。

家臣たちの龕灯が、襖の向こう側を照らし出す。大勢の者が折り重なるように倒れていた。苦しげに畳を這っている者、しゃがみ込んだまま身動きしない者、顔から血を流しながらも立ち上がろうとしている者、うつぶせて腹を押さえている者。

いずれも河合家の家臣だった。鎖帷子を着けているから、そうとわかる。せっかく着用したというのに、どうやらほとんど役に立っていない。賊は四尺棒を手にしている。はなから斬る気はなく、河合道臣殺しを邪魔する者はその場から押しのけるという意志のもとに戦っているようだ。

道臣のそばで、家臣たちが声もなく立ち尽くしている。瞳に映った光景が信じられずにいるのだ。先ほどまで元気だった者が、今は立ち上がることすらできない。

のそりと道臣の前に影が立った。長身の賊の一人が敷居を越え、見下ろしているのだ。四尺棒を握っている。そのうしろに四人の影があった。この者たちも得物は四尺棒だ。いずれも覆面をしている。

五人で乗り込んできたのだ、と道臣は知った。家臣たちは捕らえることはおろか、一人も倒すことができなかったのである。

道臣は身動きができなかった。

長身の賊が四尺棒を振り上げ、一気に振り下ろしてきた。

「死ね」

「殿っ」

家臣が刀をかざして、道臣の前に飛び込もうとするが、それは別の賊に阻止された。四尺棒を腹に受けて、膝から倒れ込む。

その様子を横目に見ていた道臣は、渾身《こんしん》の力が込められた棒をじっと見ていた。よけようという気は起きなかった。よけられるはずがなかったし、仮によけたところで、二撃目は避けられまい。

四尺棒には、道臣の頭を豆腐のように潰《つぶ》してやろうという明確な殺意が込められていた。

ああ、自分はここで死ぬのだな、と道臣は達観するように思った。主家の七十三万両にも及ぶ借財を返すことができた。それだけでも、この世に生まれてきた甲斐があったというものだろう。

だが、いつまでたっても頭に四尺棒は当たらなかった。それに気づかないだけで、実際にはもう自分は死んでいて、なにも感じていないのではないか。そんなことまで道臣は考えた。

いつの間にか目の前の賊は、四尺棒を握る右手を押さえて顔をしかめていた。どうしてか、血がしたたっている。

いったいなにが起きたのか。道臣には見当がつかなかったが、今はまだ殺されてはいない。それだけは確かだ。ならば、生きるべきだろう。生きる努力をしなければならぬ。それこそが、自分を守るために倒れていった家臣たちに報いる道である。

別の賊が道臣の前に走り寄り、四尺棒を上段から振り下ろしてきた。がきんと音を発して、四尺棒が途中で止まる。横から伸びた脇差が、がっちりと刀を受け止めていた。

――いったい誰が。

道臣は脇差の主を見つめた。ほっかむりをしていて顔は判然としないが、町人にしか見えない。しかもかなり若いようだ。まだ二十五になっていないのではないか。

「早くお逃げください」

敵と鍔迫《つばぜ》り合いのような形になりつつ、町人が叫ぶ。

道臣は、はっと我に返った。家臣たちも同様だ。再び賊に戦いを挑みはじめた。

うしろにさっと引いた町人が、たたらを踏みかけた賊に斬撃を浴びせる。賊が四尺棒でなんとか受ける。町人が右に回り込む。賊があわててそちらに向き直った。かまわず脇差を振り下ろしてゆく。これも賊はかろうじて打ち払った。

町人の動きはとにかく敏捷で、目を回したように賊が戸惑っている。

不意に町人が左に動くと見せて、さっと逆に回り、上段から斬撃を食らわせた。賊はぎりぎりのところでよけたが、わずかに肩の肉を斬られた。着物が破け、ばっと血が散った。賊がよろけて、うしろに下がる。

とどめを刺すつもりなのか、町人が姿勢を低くして躍り込もうとしたが、他の賊があいだに割り込んだ。

町人はその賊と戦いはじめた。持ち前の敏捷さを利して、新たな賊をまたも圧倒しはじめた。

なんと強い。そして頼もしい。目を奪われ、道臣は感嘆した。

「殿、こちらへ」

数人の家臣が包み込んできた。

「お下がりください」

「しかし──」

町人の戦いぶりも見たかったし、なにより必死に戦っている家臣たちを見捨てるような気がして、下がりたくなかった。

家臣に手を取られながらも、道臣は賊のほうへ目をやった。町人の戦いぶりに鼓舞されたように、家臣たちが賊とやり合っている。明らかに立ち直り、勢いに乗りはじめていた。

家臣たちに押され、賊たちが徐々に下がってゆく。だが、鋭い気合を発して踏み込んでいった家臣の一人が肩を激しく叩かれ、うっとうなって畳に片膝をついた。

家臣の壁に隙ができ、賊が道臣を狙おうと突っ込む姿勢を見せた。

「殿、お早く」

家臣に手を引かれ、背を押されて道臣は仕方なくうしろに引いた。

「あなたさま」

廊下を進むと、妻の泰子がやってきた。暗さが充満しているなかでも、青い顔をし、唇を震わせているのがわかった。

「ご無事でございましたか」

「わしはな」

道臣は振り返った。握り締めた拳がわななく。ぎり、と唇を嚙んだ。

「だが、家臣が大勢怪我をした。死んだ者もいるかもしれぬ」

口にしたら、いいようもない悔しさがこみ上げてきた。

「今はとにかくお下がりください」

泰子が声を励ます。

「もしここであなたさまを失えば、御家は立ち行かなくなるかもしれませぬ。今は生きることだけをお考えくださいませ」

道臣は、戦いの音がいまだに続いている方向をにらみつけた。

「わかった」

「使いを近所に走らせてあります。おっつけ、加勢がまいりましょう」

道臣は家臣に守られて玄関を出、屋敷の表門までやってきた。

「河合どの」

あけ放たれた門から、隣の屋敷の主である播戸土岐兵衛《ばんどときべえ》が入ってきた。龕灯を手にしている。十人近い家士を率いており、何人かは槍《やり》をたずさえている。全員が襷がけに鉢巻をしているが、さすがに緊張の面持ちは隠せずにいる。

「賊が押し込んだと聞きもうしたが」

土岐兵衛にいわれ、道臣は目を伏せた。

「面目ない。その通りにござる」

土岐兵衛が顔を上げ、屋敷の奥に目をやる。

「まだ賊はおるのでござるな」

「おそらく」

いったものの、道臣は屋敷内が静寂を取り戻していることに気づいた。剣戟の音は聞こえてこない。

泰子も、いぶかしそうな目を向けている。

「静かでござるな。では、様子を見に行ってまいる」

　土岐兵衛が家士を連れてゆく。

「それがしもまいろう」

　道臣は家臣たちになかへ戻るように命じ、自らは先頭に立った。家臣に引きずられるように外に出てしまったことを悔いていた。

「殿」

　賊と激しくやり合っていた家臣が駆け寄ってきた。四尺棒にかすられたか、頬に血がにじんでいた。

「賊は」

「逃げもうした」

「まことか」

　はっ、と家臣が頭を下げた。

「かの町人の活躍でございます」

「かの者はどこだ」

「おりませぬ」

「なに」

道臣は見回した。確かに、そこにいるのは家臣ばかりで、あの若い町人の姿はない。倒れている者を無事な者が介抱しているが、家臣の数がずいぶんと少ない。

「そうか、消えたか。ほかの者は賊を追っているのか」

「さようにございます」

道臣は顔をしかめた。この闇だ、追ったからといって、まず捕まえることはできまい。

「深追いするなと伝えよ」

「承知つかまつりました」

その家臣が体をひるがえし、庭に出てゆく。他の家臣から龕灯を受け取り、走り去った。

道臣は深い息をついた。疲れ切っており、十もいっぺんに歳を取ったような気がした。寿命が縮むというのは、こういうことをいうのだな、と実感を持って思った。へたり込みたかったが、畳に倒れ伏している家臣たちのことが気になった。体を励まし、一人一人の様子を見ていった。

おそらく一月以上は安静にしていなければならないほどの手ひどい傷を受けた

者も何人かいたが、幸い、命を奪われるような傷を負った者は一人もいなかった。

そのことには、心の底からの安堵を覚えた。

これからいろいろなところに知らせなければならず、身のまわりがあわただしくなるのはまちがいない。喉の渇きを覚えた。ようやく気持ちが落ち着いてきた証《あかし》だろう。水よりも茶が飲みたい。そんなに熱くない茶をごくごくとやれたら、どんなにうれしいだろう。

それにしても、と道臣は思った。かの町人はいったい何者なのか。ほっかむりのせいで顔が見えなかったのが、残念でならない。もともと正体を隠したかったのか。

脇差を得物にしていたが、相当の業物だった。おや、と道臣は首をかしげた。あの拵えには見覚えがある。誰の持ち物だったか。

頭をひねってみたものの、思い出せない。最近は歳のせいで、物忘れが激しい。こんな調子では隠居するのも、さほど遠いことではないだろう。

隠居か――。

道臣は唐突に思い出した。あの脇差は、元大目付の井貫《いぬき》国之介のものではないだろうか。国之介は家督をせがれに譲り、隠居して久しい。

国之介の家に、あのような者がいたのだろうか。それとも、大目付だった国之介に主家からつけられた与力なのか。

いや、あの男は紛れもなく町人だ。敏捷で、まるで話に聞く忍びのようだった。

どうにもわからない。

この事態が鎮まり、気持ちが落ち着いたら、国之介に話を聞いてみよう、と道臣は決心した。

五

もし賊どもが河合道臣を本気で襲うつもりならば、河合屋敷を張るという手もある。

賊どもは必ずあらわれよう。

だが、今は都倉屋を離れるわけにはいかない。

俊介は八畳間の壁に背中を預けて、一人、座り込んでいる。部屋の隅に置かれた行灯《あんどん》が淡い光を放ち、仁八郎や伝兵衛、おきみの寝顔をほんのりと照らしている。

上質の布団にくるまった伝兵衛は相変わらず寝言をよくいう。おきみも気持ちよさそうに、健やかな寝息を立てている。

仁八郎も眠りの海をたゆたってはいるのだろうが、俊介のことが気にかかるらしく、まどろむ程度のものでしかないようだ。伝兵衛が寝言をいうたびに、体がぴくりと痙攣《けいれん》するのがその証である。

仁八郎もたいへんだな、と俊介は同情した。俺のことが案じられてぐっすりと眠れぬのでは、旅の疲れが取れぬのではないか。

一刻ほど前は仁八郎が起きていたが、今は俊介が寝ずの番をしている。用心棒としてのつとめをはたさなければならない。刻限はとうに九つを過ぎ、八つに近いのではないだろうか。

夜が深まるにつれて、俊介は河合屋敷のことが気になってしようがない。頭に黒雲がかかっているかのようだ。

よもや今宵《こよい》、賊どもは押し込む気でいるのではないだろうか。いや、もう押し込んでいるのではないだろうか。

河合どのの身に万が一のことはないだろうか。ここは仁八郎に任せ、無理にでも行ったほうがよかっただろうか。

だが、どんな理由をつけようと、仁八郎が俊介を一人で行かせるはずがない。河合屋敷には二人で行くことになろう。俊介たちがこの家を留守にしたら、都倉屋を守るのは伝兵衛一人になってしまう。

伝兵衛も以前は真田家一の槍の遣い手として鳴らした男だが、歳を取って足腰が萎《な》えると同時に腕も急激に落ちた。俊介たちと一緒に旅をして、足腰は以前の強靱さを取り戻しつつあるが、腕はまだ往時のものにはほど遠いのではあるまいか。

やはりここを離れるわけにはいかぬ。

俊介は決意し直したものの、落ち着かない気分はさらに高まってゆく。

河合道臣はすでに亡き者にされてしまったのではあるまいか。

またも同じ思いが脳裏をよぎり、顔をしかめた。

いらぬことを考えすぎだろう。もっと別のことを考えたほうがよい。

一瞬で目の前にあらわれたのは、良美《よしみ》の面影である。
筑後久留米の有馬《ありま》家の姫だ。あの華やぐような笑顔は忘れられない。見ている
だけで人を幸せにしてくれる。また会えるだろうか。それはいつのことだろう。
だが、と俊介はすぐにときめいた気持ちをくじかれた。有馬家といえば、辰之
助の仇である似鳥幹之丞を剣術指南役として仕官させた家である。いま幹之丞は
久留米を目指し、旅の途上にいる。俊介たちの手を逃れ、久留米城に逃げ込むつ
もりでいるのだ。
途中で追いつき、あの男を討ち果たせればなんの問題もないが、もし久留米ま
で行き、かの地で幹之丞を討つということになったとき、有馬家はどう出るだろ
うか。
もちろん、俊介としては有馬家に事前に話を通す気でいる。そのときは身分も
告げるつもりだ。
尋常の勝負をさせてくれるよう申し入れを行う気でいるが、果たしてその思い
はかなうだろうか。有馬家が面目に賭けても新しい剣術指南役を死なせるわけに
はいかぬ、と幹之丞に助勢をつけ、勝負をさせるということはないだろう

か。

ないことを祈りたいが、体面を重んずる武家は裏ではなんでもありといってよい。卑怯なことを平然と行う。

俊介は首を振った。今ここであれこれ考えても仕方がない。なるようにしかならない。それに、天はこちらの味方だろう。正義を行おうとしているのは、俊介のほうなのだから。となれば、どんなことが起きようと、きっとこちらの望むように転がるのではないか。

天が味方をしてくれるのなら、怖いものはない。気持ちがほんの少し軽くなった。

同時に強烈な眠気が襲ってきた。今にもうつらうつらしそうだ。俊介は昂然《こうぜん》と顔を上げた。もし寝てしまうようなことがあれば、用心棒失格である。一日一分の報酬に、まったく見合わない。

仁八郎はよく眠っている。先ほどより眠りが深くなったようだ。伝兵衛の寝言に、いちいち体が痙攣しなくなったのである。

よいことだ、と微笑した俊介はさらに姿勢を正した。軽く頬を張ってみる。意外に痛く、眠気は去ったが、さらにしゃきっとするために、また良美の顔を思い浮かべた。

あの姫のことを考えるのが、眠気を取る一番の薬である。

清楚《せいそ》という表現がぴったりくる姫だ。あの笑顔をまた間近で見ることができたら、どんなに幸せだろう。

いつか抱き締められる日がきたら、俺は死んでしまうのではないか。

だが、俊介はまたも冷や水を浴びせられたような気分になった。父の幸貫からは良美の姉である福美《ふくみ》との縁談が持ち上がっていると聞いたことを思い出したのだ。いや、忘れたことなどなかったのだが、心の隅に押しやっていた。

姉妹だから、福美と良美はよく似ているのかもしれない。だからといって、良美をあきらめ、福美を選ぶということは、自分にはできそうにない。

まいったな。

俊介は頭を抱えたくなった。

「どうした」

天井から声が聞こえた。

つける。

「なにをうなっている」

ばっとして、仁八郎が起き上がった。抱いている刀の柄を握り、天井をにらみつける。

「俺だよ」

天井板があき、弥八が顔をのぞかせた。

「なんだ、驚かすな」

ふう、と息をついた仁八郎が刀から手を放し、こったように右肩を揺する。

眠っていた伝兵衛が、なんの騒ぎだ、というように目をあけた。

おきみは目を覚まさない。ぐっすりと眠ったままだ。これは病が抜けきっていないのではなく、赤子がよく眠るように、おきみがまだ幼いことを如実にあらわしているのだろう。大人びた言葉遣いをするが、なにしろまだ六歳なのだ。

弥八が音もなく畳に降り立った。伝兵衛がびっくりして、声を上げかけた。

俊介は伝兵衛におきみを指し示して、起こさぬようにな、と目で告げた。伝兵衛が深くうなずく。

俊介は弥八に顔を向けた。

「ようやっと来たか。ずいぶん遅かったな」

俊介の前に座り込んだ弥八が真剣な眼差しを注いでくる。

「どうした。なにかあったのか」

唇を嚙み締めて弥八が首を縦に動かす。

「河合屋敷が襲われた」

「なにっ」

俊介は腰が浮きかけた。危惧がうつつになってしまった。やはり、河合屋敷を張っておくべきだったのだ。

「河合どのは」

咳き込むようにきいた。

「無事だ。怪我もない」

「そうか」

ほう、と口から安堵の息が漏れ出た。俊介は座り直した。弥八を見つめる。

「弥八は、河合屋敷を張っていたのか」

ゆえに、襲撃の場に居合わせることができたのではないか。

「そうではない」

かぶりを振って弥八が説明する。

聞き終えて、俊介はそういうことだったか、と思った。

「元大目付と賭場で知り合って、河合屋敷に駆けつけることになったのか。そなたのおかげで河合どのは無事だったのだな。弥八、立派な働きであった」

弥八がはにかむような笑みを見せた。

「おまえさんにほめられると、骨の髄まで喜びが染み渡るな」

それはよくわかるという顔で、伝兵衛と仁八郎が何度も顎を上下させている。

「怪我はないか」

「見ての通りだ」

弥八が腕をぐるんぐるんと勢いよく回す。

俊介は小さく笑った。

「どこも痛いところはないようだな」

うむ、と弥八が首を縦に振った。

「もしあの国之介という隠居に出会わなかったら、俺が河合屋敷に馳せつけることはなかっただろう。河合家は五千石もの大身だ。主君の身を守る家臣には、事欠くまいと高をくくっていた。だが、国之介さんの話を聞いているうちに、こうしてはおれん、という気になった」

弥八が勘の働く者でよかった。そういう者でなかったら、河合道臣はもうこの世にいないかもしれない。

「それに俺は、名古屋で似鳥に捕まるという失態を演じているからな。少しでもその借りを返したかった」

俊介は弥八の腰に目を当てた。

「立派な拵えの脇差だな。それは、国之介という元大目付の差前か」

弥八がそっと手を触れる。

「河合屋敷に赴く前に借りたのだ。返さねばならぬ。忘れていた」

俊介は弥八の顔を見た。

「賊は遣えたか」

「どうだろうか」

弥八が首をひねる。

「俺でもなんとかできたからな。俺が駆けつける前、河合家の家臣たちは、やつらに押されまくっていた。道臣さんは叩き殺される寸前だった。俺は無我夢中で懐の匕首を投げた。それが賊の右手に突き刺さった。その隙に道臣さんは逃げることができた」

「賊の得物は刀ではなかったのだな」

「ああ、その通りだ。四尺棒を使っていた」

「棒の扱いは巧みだったか」

「うむ。相当慣れていたのは確かだ」

そうか、と俊介は相槌を打った。賊が殺しをもっぱらにする者だとして、四尺棒を得物にこれまで仕事をしてきたのだろうか。それとも、今宵だけ使ったに過ぎないのか。

四尺棒は物を打ち壊す力が強い上に、刀のように刃《やいば》の方向を考えることなく、存分に振り回して敵を強打できるという利点がある。群がりくる敵を叩きのめすのには、最も適した得物かもしれない。

もちろん、裏づけとなる腕が必要だが、賊どもには経験と自信があったのだろう。木綿問屋を次々に襲ったことで道臣の警護が厚くなることはとうに織り込み済みで、今回に限って四尺棒を用いたのかもしれない。はなから賊どもは、殺すのは道臣だけと決めていたに相違あるまい。四尺棒で頭を強く打たれれば、人は死ぬ。

「結局、賊は逃げ去ったのだな」

俊介は弥八にきいた。弥八が無念そうに顔をしかめる。

「そうだ。俺が助けに入ったこともあるのか、急に家臣たちが盛り返して、賊どもを押しはじめたのだ。賊たちの道臣さんを殺すという気迫はなおもすさまじいものがあったが、家臣たちの勢いはそれにまさるものだった。賊たちは退散するしかなかった。俺はやつらを捕らえるつもりだったが、かなわなかった」

「仕方あるまい。五人もの賊を、弥八一人でなんとかしようとするのは無理だ」

弥八が悔しそうに目を光らせた。

「だが、俺はやつらの居所をつかむことにもしくじった。逃げ出したやつらを追いかけたというのに」

「撒《ま》かれたのか」

弥八がうなだれかける。

「俺が未熟で、気づかれた。闇に紛れられた」

「いくら闇が深いとはいえ、夜目が利くそなたを撒くとは、賊どもは相当のものだな」

「俺を慰めてくれるのか」

弥八が俊介を見つめる。

「そんな気はない。賊どもの腕に、ただ感心しているだけだ。不謹慎か」

「いや、そんなことはない。むしろ俊介さんらしい」

弥八にいわれて微笑を浮かべたが、俊介はすぐにまじめな顔つきになった。

「賊どもは、どの方角に逃げていった」

「河合屋敷から見て、北だ」

北か、と俊介はつぶやいた。

「そちらの方角に、やつらの根城があると考えてよいのかな」

「そうとは言い切れまい」

眉根を寄せて弥八が首を横に振る。

「俺につけられていることに気づいて、わざと北へ逃げ、それから方向を変えて根城に向かったというのも考えられる」

　俊介はうつむき、しばし考えにふけった。

「弥八は、賊の二人に傷を負わせたといったな。血がかなり出ていたとのことだったが」

「うむ、その通りだ」

「賊どもは、血止めをしながら逃げたのであろう。そなたを撒くことができたのは、そのためだな。血のにおいがしなくなったことは相当大きかろう。だが、さして重くないといっても血を流すほどの傷を負った者がいるときに、わざわざ遠回りするだけの余裕があるだろうか」

　今度は弥八が沈思した。

「ふむ、血止めをしたといっても傷は怖いものな。確かに、そんな余裕はないかもしれん。となると、素直に河合屋敷の北のほうに根城があると考えてよいのか。――河合屋敷の下見を行ったかもしれない連中は、北から南に向かっていたと、国之介さんはいっていたな」

あの、と仁八郎が首を伸ばした。

「賊どもが逃げていった方角には、どのような建物があるのかな」

きかれて、弥八が首をひねる。

「俺も詳しくは知らぬが、酒井家に関係するものでは町奉行所や獄屋があるのは知っている。城の搦手に当たるから、名刹と呼ばれるところを含めて寺もかなりあるようだし、神社も無住のものまで入れれば、相当の数になるだろう」

「そういうところにひそんでいるとは」

仁八郎が弥八に問う。

「賭場のやくざ者によれば、寺や神社は寺社奉行が調べたそうだ。探索が徹底して行われたのかは定かでないが、賊らしい者どもは見つからなかったそうだ」

一つ息をついて弥八が続ける。

「そのやくざ者も、寺や神社に賊らしい者が世話になっているとの話は聞いたことがないといっていた」

「町奉行所や獄屋にいるとは、さすがに考えにくいしのう」

ぼやくように伝兵衛がいう。

さてどうだろうか、と俊介は思った。町奉行所や獄屋に賊がひそんでいるとは、伝兵衛のように誰も考えない。その通念を、賊は衝いているとは考えられないだろうか。

調べる必要があるのではないか。

実際に賊が北へ向かったのなら、と俊介は考えた。その方向にある建物は、すべて疑ってかからねばならぬ。町奉行所や獄屋も例外ではない。

——獄屋か。

なにか引っかかるものがある。

俊介は、はっとした。今頃気づくなど遅すぎるきらいがあるが、五人の浪人で、江戸から来たといえば、十日ほど前に会ったばかりではないか。

加古川近くの高畠村の村名主である勤左衛門をかどわかした五人組だ。

加古川の郡奉行所の役人に引き渡した際の話では、姫路の牢屋に入れられるとのことだった。

まさかあの者どもが今回の件を首謀したのではないのか。

もしこれが真実だったら、と俊介は思った。どういう筋書きで、ここまで至ることになったのか。

目を閉じ、静かに考えはじめた。

六

目を上げ、段造は軽く首をひねった。

足音が聞こえたような気がしたのである。はっきり耳に届いたわけではなく、かすかな気配というべきものだった。

じっと耳を澄ませてみたが、なにも聞こえてこない。

勘ちがいだろうか。

段造は、また書物に目を落とした。だが、どうにも集中できない。

書物を閉じ、立ち上がった。

足音は、揚屋のほうからしたように感じた。

まさか、稲三郎たちが舞い戻ってきたというようなことはあるまい。河合道臣殺しという最大の仕事を終え、今は江戸に向かっているはずである。

庭に降り、段造は立木のあいだを足早に突っ切っていった。

闇のなか、揚屋が見えてきた。歩きつつ、獣らしい気配が遠ざかってゆくのを感じた。狸かなにかだろうか。先ほどの足音は、狸が餌を求めに来ただけのことなのか。

だが、それでは答えになっていないような気がした。釈然としない。足音には、ただならない感じがあった。

段造は揚屋の扉側に回り込んだ。

扉には錠は下りていない。本当は稲三郎たちが去ったあと、鍵をかけるつもりでいたのを、失念していた。

腕に力を入れて、扉を横に滑らせた。相変わらず、がたがたといやな音が立つ。

なんと。段造は我知らず目をみはることになった。

五つの影が土間に突っ立っている。

「どうして」

「しくじった」

稲三郎がつぶやくようにいったが、声には憎々しげな調子が含まれている。

「まことか」

「嘘をついてどうする」

稲三郎は気を荒立てているようだ。声がひどくとがっている。

段造は、血のにおいが漂っていることに気づいた。

「追っ手は」

「おらぬ。一人いたが、振り切った」

「そうか」

稲三郎がいうのなら、まちがいなかろう。

五人のうち、二人が手傷を負っていることに段造は気づいた。血のにおいのもとは、この二人だ。

「怪我をしているようだな」

「ああ、やられた」

和馬《かずま》が顔をゆがめた。

「油断したわけではないのだが」

増之丞《ますのじょう》が唇を嚙み締める。この男が、この五人のなかで最も背丈がある。

「まずは手当をしたほうがよいな。血は止まっているようだが、毒消しをしておいたほうがよかろう。なかに入ってくれ」

段造は稲三郎たちを牢屋に入れ、板敷きの上に座らせた。

「手当は誰がする」

稲三郎がきいてきた。

「わしだ」

稲三郎が、えっ、という顔をした。

「おぬしにできるのか」

「任せておけ。——ちょっと待っていてくれ。焼酎と晒しを持ってくる」

段造は揚屋を出て、急ぎ屋敷に入った。いま何刻だろうか。八つはとっくに過ぎているだろう。まだ夜明けの気配は感じない。風も冷たさを帯びたままだ。

座敷の隣の間に置いてある半櫃《はんびつ》に、焼酎と晒しは入れてある。段造は取り出し、揚屋に取って返した。

二つの行灯に火を入れ、揚屋のなかを明るくする。漆喰でできた壁から光が見える恐れはないが、建て付けの悪い扉から漏れこぼれてしまうのは仕方あるまい。

誰にも見られないことを今は祈るしかなかった。

段造は傷口に焼酎を吹きかけ、晒しを巻いて、和馬と増之丞の手当を手際よく行った。

「慣れたものだな」

稲三郎がたたえる。

「まあな。ときおり科人《とがにん》の手当をしてやることがあるゆえ」

稲三郎が驚きの目で見る。

「おぬし自ら科人の手当をするのか」

「なにかおかしいか」

「おかしいに決まっている。おぬしは牢奉行であろう。牢奉行自ら科人の手当をするなど、聞いたことがない。前代未聞のことではないのか。それに手当というのなら、ここにも牢医がいるであろう」

「腕のよい牢医がいるが、あまり熱心ではないな」

いい切ってしまうのは当人に悪いが、科人の命など蠅や蚊と同じ重さしかないと思っている節がある。

「牢奉行は世襲なのだ。わしは跡取りだったが、幼い頃から牢奉行になるのがいやでならず、医者を志した。結局それは許されなかったが、若い頃は書物を読みあさったものだ。このくらいの傷なら、朝飯前だ」

そういうことか、と稲三郎がいった。

「先ほどはすまなんだな」

「なにを謝る」

段造は稲三郎にただした。

「気が立っていて、怒りをおぬしにぶつけてしまった」

「ああ、そのことか。気にせずともよい。当たられるくらい、なんということはない」

これは本心である。人というのは、ふつうに暮らしていれば、腹が立つことはいくらでもある。これは段造も例外ではない。

手当が終わった。

「うむ、これでよい」

和馬と増之丞は痛みが引いたか、ほっとした顔だ。

一升入りの大徳利に蓋《ふた》をしようとして、段造はとどまった。

「飲むか。気つけになるぞ」

稲三郎に勧めた。

「ならば、お言葉に甘えよう」

大徳利を傾け、稲三郎が口をつける。ぐびりぐびりと喉が意志を持つかのように上下する。ぷはーと豪快に息を吐いた。

他の四人にも大徳利が回される。

「ふう、焼酎を飲むのは初めてだが、なかなかうまいものだな。人心地がついた」

大徳利を懐に抱いて、九左衛門《きゅうざえもん》が壁に背中をつける。

「わしも焼酎は一度も飲んだことはないが、そんなにうまいものか」

段造は男たちにたずねた。

「今の俺たちにとっては、ひじょうにうまいということにすぎぬ。おぬしにどうかはわからぬぞ。それに、このあたりは酒どころだ。焼酎など飲む必要はあるまい」

稲三郎にいわれたが、段造も試しに飲んでみようという気になった。ごくりとやってみたが、すぐに顔をしかめた。

「やはり舌に合わなかったようだな」

咳き込みそうになるのをなんとか抑え、段造は大徳利を床に置いた。

「ところでおぬし、起きていたのだな」

稲三郎にきかれた。

「まさか俺たちが戻ってくることを予期していたのではあるまいな」

「そんなことはない。ただ、眠れなかったにすぎぬ。書見をしていた」

段造は正直に語り、聞きたかったことを口にした。

「して、おぬしらの身になにがあった」

あらためて問われ、稲三郎がいまいましげに舌打ちする。

「邪魔が入ったのだ」

「邪魔だと。誰だ」

「わからぬ」

稲三郎が吐き捨てる。

「忍びのような男だった」

増之丞が、うなる犬のような顔になった。

「俺は河合を殺すのにあと一息というところまでいったのだ。そのとき、その男はこれを投げつけてきおった」

増之丞が見せたのは、一本の匕首である。

「こいつが俺の右手に突き刺さったのだ。河合はその隙に逃げおおせおった。その男があらわれたせいで、最初は逃げ惑っていた家臣どもも勢いを盛り返した。俺たちは退散するしかなかった」

増之丞が唇をぎゅっと嚙む。

「あの男、今度会ったら、ただでは済まさぬ」

「いま思えば、待ち構えて殺したほうがよかった」

稲三郎が悔いるようにいった。

「待ち構えるとは」

「やつは我らを追ってきていた」

「それで」

「闇に紛れて撒いた」

そうか、と段造はうなずいた。振り切った一人の追っ手というのが、その忍びのような男なのだろう。

「おぬしら、これからどうする」

「またここにひそませてくれぬか」

「それはかまわぬが、あまり長くいると、知られるおそれが大きくなるぞ」

「それは、よくわかっている。長居するつもりはない」

「ここにひそんでどうする気だ。河合さまをまた狙うのか」

稲三郎が眉根を寄せ、厳しい顔になった。

「決まっている」

「やれるのか。河合さまの警護は、さらに厳しいものになるはずだぞ」

「やるしかない」

稲三郎がきっぱりという。

「仕事はやり遂げねばならぬ」

「あきらめて逃げたほうがよい」

段造は衷心からいった。

「このような田舎で、一つしかない命を捨てることはなかろう」

「いや、逃げるわけにはいかぬ」

かたくなに稲三郎が首を振る。

「おぬしらは、金で雇われている身であろう。義理や人情で縛られているわけではない。むざむざと死ぬことはない」

「金で雇われているからこそ、やり遂げねばならぬ。素人《しろうと》ならば、逃げる。だが我らはちがう。殺しを仕事にしている身だ。請け負った仕事は必ずやりおおせなければならぬ」

そうか、と段造は息をついた。

「ならば、これ以上なにもいわぬ」

「すまぬ。おぬしとは二度と会う気はなかったが、このような仕儀になってしまった。迷惑をかける」

「気にするな」

稲三郎たちをそこに置いて、段造は揚屋の外に出た。

これから稲三郎たちはどうなるのか。本気で河合を殺《や》れると思っているのだろうか。

河合を狙い続けるとの気持ちはわからぬでもないが、もはや殺れるとは思えない。

とにかく、と段造は思った。自分にできることは、稲三郎たちに力を貸すことしかない。

命は惜しくない。この依頼を受けたときから、捨ててかかっている。

常陰家は取り潰しになり、草葉の陰で見守っている先祖たちは嘆こうが、自分が当主になったときにこんな日がやってくることは、予期できたことだろう。

先祖には申し訳ないが、これが運命とあきらめてもらうしかなかった。

段造はそっと両手を合わせた。

第四章　哀れ牢奉行

一

行くしかない。

そう決めて、俊介は仁八郎を供に、獄屋のある鍛冶《かじ》町に向かった。

賊どもが終尾の目的である河合道臣を襲った以上、木綿問屋が襲われることはもうないだろう。

弥八の活躍もあって昨夜の襲撃は失敗に終わり、やつらはもう一度道臣を狙うために、牙《きば》を研いでいるにちがいないのだ。

俊介はそのことを都倉屋のあるじに説明した。万が一という恐れは否定できず、伝兵衛と弥八に留守居役をつとめてもらうことにした。もちろん、おきみも都倉屋で留守番である。

獄屋は西魚町にもあるそうだが、こちらは城の大手門の近くにあり、いくらなんでも賊が身をひそめるのには適当でないのではないか。もし鍛冶町の獄屋で賊どもやその痕跡が見つからなかったら、西魚町に足を向けるつもりでいる。

鍛冶町は姫路城から見て、丑寅《うしとら》（北東）の方角にある。河合屋敷から引き上げた賊どもが北に向かい、それから姫路城を回り込むように東に行ったとしたら、なんら不自然でない場所に位置している。

鍛冶町に入った。

獄屋がどこかは、すぐに知れた。町屋が立て込んでいるなか、大きな建物はそこしかなかった。

獄屋は、ぐるりを高い塀で囲まれている。遠目でもがっちりとした門の前に大勢の者が集まっていた。町人たちがわいわいとたかっているようだ。

「なにかあったのかな。野次馬のようだが」

「町奉行所の役人も来ているようでございます」

仁八郎がじっと見ていう。確かに、町方同心らしい身なりの者が立っている。中間とおぼしき者も何人か姿が見えている。

「もしや賊どもが捕まったのかな」

俊介は期待を口にした。

「だったらよいのですが」

俊介と仁八郎は急ぎ足になった。ほとんど小走りで獄屋の前にやってきた。

「なにがあった」

俊介は、獄屋をのぞきこんでいる野次馬の一人にきいた。若い職人ふうの男がうるさそうに振り返った。俊介を侍と認めて、あわてて一礼した。

「なんでも牢奉行さまが、自決なされたという話ですぜ」

「なんだって」

驚いて俊介は仁八郎を見た。仁八郎は、どういうことでしょうといいたげな目を向けてきた。

「どうして自決したのだ」

俊介はさらにたずねた。

「さあ、そいつはあっしにはわからないんですけどね」

「わかる者はおらぬか」

若い男が野次馬たちを見渡し、首を横に振った。

「ここには、いないんじゃないですかね」

俊介はなんとしても事情を知りたかった。だが、二人の同心と数人の中間が、関係のない者は決して入れぬという気持ちをあらわに、門をがっちりと守っている。

二人の同心は、都倉屋が襲われたときに俊介たちに事情をきいた炭崎とは別の男である。炭崎がこの場にいれば、話は早かったのだろうが、ここでそのことをぼやいても仕方なかろう。

「なにがあった」

野次馬をかき分けて前に出た俊介は、同心の一人に問うた。

同心が胡散《うさん》臭そうな目つきで俊介を見る。だが、それだけでなにもいわない。

「牢奉行が自決したというのは、まことのことか」

同心は無表情を装い、口をひらかない。俊介など眼中にない顔をしている。

「どうして自決した。理由はわかるか」

これにも答えはなかった。

俊介は、仕方あるまい、ここは一か八かだ、と決断した。

「自決したのは、河合どのを襲った賊をかくまっていたのが露見したからか」

それ以外、俊介には自刃の理由は考えられなかった。

「なにっ」

「なんだと」

二人の同心が驚愕《きょうがく》の表情を見せ、俊介をにらみつけてきた。

「おぬし、何者だ」

ようやく関心を向けてきた。俊介は、うまくいった、と心中で息をついた。

「俊介という。この者は供の仁八郎だ」

これまで何度も繰り返してきた言葉をさらりと告げた。

「おぬしら、浪人か」

同心が荒々しい口調で問う。

「浪人ではない。旅の者だ」

「旅の者が、どうして賊のことを知っているのだ」

「旅の者といっても、今は都倉屋の用心棒をつとめている」

「都倉屋の用心棒……」

同心がはっとする。

「もしや、都倉屋に押し込もうとしていた賊を退散させた二人か」

「そうだ。委細は炭崎どのから聞いておるようだな」

「ああ、そのお二人であったか。最初からいってもらえればよかったのに」

「ちょっとこちらに来てもらえますかな」

もう一人の同心が門を指し示し、俊介たちを獄屋のなかにいざなう。

俊介は微笑した。思い通りの展開だ。

「その前に、腰の物をよろしいか」

緊張した顔で、同心が申し出る。

仁八郎が一瞬、拒絶するような顔をしたが、俊介がよいのだと目でうなずきかけると、わかりもうした、と答えた。

まだ同心たちは警戒の念を解いていないのだ。本当に都倉屋を救った者なのか、言葉だけで、明かされたわけではない。

俊介は大小の刀を手渡した。その拵えのすばらしさに、同心が目をみはる。

仁八郎はすぐには渡さず、近くに怪しい者の気配がないか確かめている。今は襲いかかってくるような者がいないことを確信したようで、静かに両刀を差し出した。

ほっとした様子の同心が俊介と仁八郎の大刀と脇差を、大切に抱くようにした。

どうぞ、ともう一人の同心がくぐり戸をあける。俊介と仁八郎はくぐり戸を抜けて、獄屋の敷地に身を入れた。

刀を抱いた同心が一緒についてきた。もう一人はそのまま外に居残った。

立ち止まり、俊介は獄屋のなかを見渡した。建物がいくつか目に入る。

黒光りした敷石の正面にあるのは、奉行や牢役人が執務する母屋であろう。牢奉行というのはどこの家でもたいてい世襲と聞くから、奉行やその家人たちが暮らすところでもあるにちがいない。

右手に長大な建物がある。あれが牢獄であろう。形は長屋だが、長さが三十間は優にある。あの建物のなかに、多くの科人が今も詰め込まれているのである。

牢獄について、いい話は一切聞かない。なにしろ、密殺が横行しているという話なのだ。

もし自分があのような場所に入ったら、どうなるのだろう。牢名主を丸め込むことができるだろうか。もしできなければ、今の自分の腕では二日と保つまい。仁八郎ほどの腕があれば、殺されることはあり得ない。逆に牢名主に取って代わるのも、むずかしいことではあるまい。早くそのくらいにならなければならない。

いや、腕ではなく、威厳をもってその位置につくくらいでなければならない。

ほかに、この獄屋で働く中間や下男、下女たちが住まっているらしい長屋の群れも見えている。こちらは牢獄に比べたら、はるかに小さい。江戸によくある長屋とほとんど変わりはない。

母屋の庭はよく手入れされている。その樹間の先に、離れのような建物が見えている。あれはなんだろうか。

「あの建物は」

俊介は指さし、同心にきいた。

「ああ、揚屋でござるよ」

「では、武家が入れられる場所だな」

「さよう」

俊介たちはその揚屋の前に連れていかれた。

「菅長《すがなが》さま」

同心が、やや身分の高そうな侍へ丁重に声をかけた。

菅長とはまた珍しい名だが、これも姫路によくある名字なのだろうか、と俊介は思った。

菅長と呼ばれた侍がさっと振り向いた。角張った顔つきをしており、細いがよく光る鋭い目が俊介たちを射るように見た。

同心の上に位置する与力ではないかと、俊介は見当をつけた。

「どうした」

菅長が同心にただす。その間も俊介たちから目を離さない。同心が菅長の耳にささやきかけた。

菅長の目がみはられ、俊介たちを見る目はさらに厳しいものになった。ずいと足を踏み出し、俊介の前に立ちはだかる。

　仁八郎が俊介を守ろうという姿勢を見せたが、よいのだ、と俊介はいった。仁八郎がすっと下がる。

　菅長という男は背丈が思いのほか低く、俊介は見下ろす形になった。

「おぬし、名は」

　昂然と胸を張ってきいてきた。

「俊介という。こちらは供の仁八郎だ」

「名字は」

「それはよかろう」

「どうしていわぬ」

「よいではないか。別に悪いことをしているわけではない」

　菅長が俊介をにらみ据えて、硬い声できいてきた。

「賊のことをどうして知っている」

「それは先ほど申したばかりだ」

「都倉屋に押し入った賊どもを退散させたことで、用心棒になったことは聞いた。

だが、ここに賊がかくまわれていたことは、知るはずもない。それにもかかわらず、どうしておぬしが知っているのだ」

菅長の目がさらに細められる。不気味な感じがあり、それはどこか蛇に通ずるものがあった。この目でにらまれたら、悪行に慣れた者たちも震え上がるのではあるまいか。

「やはり賊どもはここにひそんでいたのか。捕まったのか」

「先にわしの問いに答えろ」

よかろう、と俊介は素直にいった。

「いろいろ考えたからだ」

「いろいろ考えただと」

「そなた、加古川近くの高畠村の村名主を知っているか」

唐突にきかれて面食らったようだが、菅長がすぐさま頭をめぐらせる。

「確か勤左衛門といったな」

「その通りだ。覚えがよいな」

俊介はほめたたえた。菅長がきゅっと眉根を寄せる。

「おぬし、わしをこけにしておるのか」

「そんなことはない。たいしたものだというただけだ。俺も人の名を覚えるのは昔から得意だがな。そなた、勘左衛門の話はきいておろう。勘左衛門を無事に助け出し、賊どもを郡奉行所の役人に引き渡したのも、俺たちだ」

菅長が細い目を丸くする。それからしばらく、なにかを考えている様子だった。おそらく、郡奉行所から提出された留書に、俊介たちの名が記されていたかを思い出していたのであろう。

「さようであったか。確かにその旨、郡奉行所からつなぎがあった。勘左衛門は五人の浪人にかどわかされたらしいな」

口にした途端、菅長がはっとする。

「まさかその五人が木綿問屋に押し込んで金を奪い、河合さまを襲った者たちだというのではあるまいな」

「俺は、そうではないかとにらんでいる。だからこそ、ここにやってきたのだ。俺たちが郡奉行所に引き渡した賊はこの獄屋に入れられたのだな」

「そう聞いているが……」

菅長は、ことの意外な成り行きに呆然として言葉がない。

俊介は眼前の建物に目を据えた。

「この揚屋が賊どもに与えられていたのか」

「そうらしい」

菅長が力なくいう。

「牢奉行が自決したというのは、まことのことなのか」

「ま、まことのことだ。ものの見事に腹をかっさばいていた」

つっかえつつ菅長が答えた。

「どうして自決したか、理由はわかるか」

「今のところ、やはり賊をかくまっていたからとしか思いが至らぬ」

「自決でまちがいないのか」

菅長が、えっ、という顔をする。

「まちがいないと思うが」

「遺書は」

「あった」

「読んだか」

菅長がかぶりを振る。

「まだだ」

「どうして読まぬ」

「宛名が記されていた」

「誰宛だ」

「筆頭家老の河合さまだ」

敬いの色が菅長の瞳にあらわれ出た。このことは、道臣が家中でどれだけ敬愛されているかを、如実にあらわしている。

「牢奉行はなんという」

「常陰段造と」

また珍しい名字が出てきた。これも姫路に多いのだろうか。

「どこで死んでいた」

「この揚屋だ」

「死骸はそのままにしてあるのか」

「まだ検死医師が見えておらぬ。我らは触れるわけにはいかぬ」

「遺骸は誰が見つけた」

俊介は問いを重ねた。

「獄屋で働く下男だ。朝から常陰どのの姿が見えず、獄屋内をくまなく捜したところ、見つけたとのことだ」

「常陰どのの死を河合どのには伝えたのか」

「おぬし、河合さまを知っているのか」

「ああ、よく知っている」

それだけで、菅長が畏敬の目を向けてきた。

「河合さまには先ほど使者を走らせもうした。じき見えるものと」

急に言葉がていねいなものになった。

「さようか。それならばよい」

「河合さまとはどのような知り合いかな」

「この仁八郎ともども、都倉屋を救った礼をいわれただけだ。親しいつき合いがあるわけではない」

「さようにござったか」

なんとなく俊介に気圧《けお》されるものを感じたか、菅長が額の汗をこすり取った。

すでに熱を帯びた陽射しが塀を乗り越えて、敷地に射し込んでいる。鳥たちがうるさいほどに鳴きかわし、飛び回っていた。

俊介は獄屋の門があく重い音を耳にし、目を向けた。仁八郎も見つめている。

「見えたようでございますな」

二挺の権門駕籠が連なって、敷地に入ってきた。

二挺とも母屋の玄関前で止まり、地面に下ろされた。家臣によって引き戸があけられ、道臣がそっと置かれた草履を履いた。

隣の駕籠から出てきたのは、次席家老の輿石西太夫である。朝日に照らされた顔は、相変わらず醜悪である。

顔で人となりを決めてはいけないのはわかっているが、どんな悪さをすれば、あのような顔つきになるのか、という思いはどうしても消えない。道臣は、西太夫の人物を買っているのだろうか。

「失礼する」

俊介たちに断って、菅長が道臣と西太夫のそばに走り寄る。うやうやしげに挨拶してから、事件の説明をはじめた。

道臣は耳を傾けながら、うんうんとしきりにうなずいている。対して西太夫は聞いているのかどうか、そっぽを向いている。

ふと、菅長が手で俊介のほうを指し示した。道臣が俊介たちを見て、おっという目をし、相好を崩した。やおら近づいてくる。

俊介と仁八郎も歩み寄った。

西太夫が遅ればせながら俊介たちに気づいた。なんでこいつらがここにいるのだといいたげな、胡散臭げな目を向けてくる。

俊介たちは西太夫の目など気にせず、道臣とまず朝の挨拶をかわした。

「俊介さま、どうしてここに」

道臣に不思議そうにきかれた俊介は自らの推測を語り、ここまでやってきたわけを告げた。

道臣が感嘆の顔つきになった。

「賊どもが獄屋にいることを、推し量られたか。さすがでござるの。――ところで俊介さま、昨夜我が屋敷をあとにした賊どもが北へと向かったというのは、どなたから聞かれたのでござるかな」

「弥八という男だ」

別に秘密にしておくようなことではなく、俊介はあっさりといった。

「弥八でござるか」

道臣がじっくりと嚙み締めるように、名を口にした。

「それがしを救ってくれた忍びのような男でござるな」

「さよう」

道臣が感心する。

「あれは、俊介さまのお供にござったか。強いのも当たり前にござるな」

俊介は首を横に振った。

「いや、供というほどの者ではない。頼んでおらぬのに、勝手についてきているだけだ」

「俊介さまを慕っているのでござろう。その気持ちは、それがしにもよくわかりもうす」

「河合どの」

西太夫がいらだたしげに呼んだ。

「無駄話はそれくらいにされて、常陰のもとに行こうではありませぬか。河合どの宛の遺書もあるということでござるゆえ」

「さようにござったな。俊介さまも一緒にどうぞ」

西太夫が目をむく。

「関係ない者を入れるおつもりか」

道臣がほほえんだ。

「よいではござらぬか。お話を聞く限り、俊介さまは賊どもと、深く関わってこられたようだ。決して無関係の者とはいえまい」

「河合どのがよいといわれるなら、それがしは反対いたしませぬが」

不承不承の態《てい》で西太夫がいった。

「では、俊介さま、まいりましょう」

道臣にいざなわれて、俊介たちは揚屋の敷居を越えた。なかは光が一切入り込んでいない。足元が土間になっており、その先に牢格子ががっちりと組まれている。むっとする鉄気《かなけ》臭さが充満していた。

俊介は牢格子のなかに、正座の姿勢で前にうつぶせている男を見た。その姿は哀れというしかなかった。

我知らず眉根を寄せ、ため息をついた。

「常陰はどこだ」

西太夫が誰にともなくきく。

「いま灯りを」

菅長が行灯を灯した。揚屋のなかが日が射し込んだように、ぱあっと明るくなった。

西太夫の目に、それで段造の姿が入ったようだ。

「ああ、そこか」

冷たい口調でいったが、その仕草にはどこかわざとらしさが感じられた。この男は、はなから段造の死を知っていたのではないか。俊介はそんな気がした。とにかく西太夫という男は油断ならない。

段造は、切腹の装束である浅葱《あさぎ》色の裃《かみしも》を身につけている。体の脇に血だまりができていた。壁にもおびただしい血が飛んでいる。

俊介は、いたたまれない思いに駆られた。なにも死なずともよかったのに、という気持ちしか出てこない。

だが、どこか釈然としないのも事実である。本当に段造は自刃してのけたのか。

俊介は段造にあらためて目をやった。

体の前に三方が置かれ、右手には白紙が巻かれた脇差を握っている。首筋に傷があり、ほとんどの血はそこから流れ出したようだ。介錯人がいないから、自分で首に脇差を当てて血脈を断ったように見える。

道臣が菅長に声をかける。

「遺書はどこかな」

「はっ、その文机《ふづくえ》の上にございます」

段造の左側に文机が置かれている。菅長が歩み寄り、段造に合掌してから文を手にした。それを道臣に差し出した。

道臣は行灯に近づき、文を西太夫に見せた。

「この通り、わし宛になっている」

西太夫が小さくうなずく。

「確かに」

道臣が静かに文をひらき、目を落とした。

結局、三度、読み返した。

「どのようなことが書いてあるのでござるか」

西太夫が幼子のように急《せ》かす。

「読んでみればよい」

道臣が静かに手渡す。

受け取った西太夫が文を灯りに照らす。

俊介は眉をひそめた。どこかわくわくするような表情で、西太夫が読みはじめたからだ。醜悪そのものの顔をしていた。

「河合さまと木綿問屋が襲われたことを悔いて、自死したのか」

冷たい目で段造を見て、西太夫が道臣に遺書を返した。

「自死するくらいなら、最初からやめておけばよかったのだ」

その言葉が聞こえないような顔で、道臣が俊介と仁八郎に目を当てる。

「文には、二百五十両の金を積まれて賊の五人をかくまったと、まず記されておりもうす。しかし自分には金ではなかったとも、ありもうす。姫路にとって木綿は大事だが、やはりたかが木綿でしかなく、人の命より重いということはない。江戸において木綿の抜け荷で死罪になった者がいるとの話を聞いて、自分は涙が止まらなかった」

道臣が言葉を切った。瞳が揺れているのを俊介は見た。

道臣はしばらく目を閉じていたが、再び話をはじめた。

「殺しをもっぱらにする者を留め置かせてほしいという依頼を受けた際、木綿問屋を襲って金を奪うとは聞いたが、町奉行に訴え出ようという気にはならなかった。二軒の木綿問屋の者が皆殺しにされたと知ったときは、悔いが全身を覆い尽くした。さらに河合さまが襲われたと聞いたときには、立っていられぬほどだった。賊どもは、はなからこのことを目的に近づいてきたのだ。危うく、姫路で最も大事な人を亡き者にしてしまうところだった。その責を負って、自分は自裁する。まことに申し訳なかった」

道臣が言葉を終えた。

「字は常陰どののものなのか」

俊介は道臣にただした。

「それがしにはわかりかねもうす」

道臣が菅長にそのことをきいた。

「それがしも同じでございます」

俊介は軽く咳払いした。

「賊に関することは記されておらぬのか」

「ござる。再び河合さまの命を狙いたいが、ここは命あっての物種といって、五人は江戸に向かって遁走《とんそう》した。捕らえられるものなら、きっと捕らえてほしい。これで遺書は終わっておりもうす」

「誰に依頼されたかは」

俊介はさらに問うた。

「いえ、そのような記述はどこにもありませぬ」

俊介は首をひねった。

「賊どもが、じかに常陰どのに依頼したとは思えぬのだが」

「誰か仲立ちした者がいると」

「うむ。獄屋の揚屋にひそめば、土地鑑のない町でも仕事がやりやすいと賊どもが考えたとしても、やはりお膳立てした者がいるのではないかな。すべてがとどのったというつなぎがあって、賊どもは姫路にやってきたというのが自然のような気がするのだ」

「家中の者でござろうか」

「河合さま、なにをおっしゃる。家中に河合さまを亡き者にしようとする者がおるはずがない」

口から泡を飛ばして西太夫がいい募る。

「そのようなこともなかろう。わしを煙たがっている者は大勢いる。倹約に飽き飽きした者たちだ」

西太夫が口を閉じた。道臣が俊介に目を当てる。

「家中の者でなければ、町や在所の者になりもうそう」

「在所か」

俊介はつぶやいた。

「やはり行かねばなるまいな」

道臣が聞きとがめる。

「どちらへ行かれるのでござるか」

俊介は道臣を見返した。

「それがしも、賊にはめられた。それを確かめに行かねばならぬ」

「俊介さまがはめられた。どういうことでござろうか」

「それはまたこの町に戻ってきてから話す。それよりも河合どの、身辺をかたく警護されたほうがよい」

道臣が瞠目する。

「俊介さまは、それがしがまだ狙われるとお考えか」

「江戸に向かって遁走したというが、本当に逃げる気ならば、黙って姿を消せばよい。河合どのを襲ったあと、賊どもはわざわざここに寄り、その旨を常陰どのに語っていったことになる。不自然ではあるまいか」

「つまり、逃げたと見せかけたということにござるか」

「うむ、殺しの依頼はまだ生きている。そういう者は一度のしくじりでは決してあきらめぬと聞いたことがある」

俊介は、俺を狙っている鉄砲の放ち手も殺しをもっぱらにする者だろうな、と思った。ここしばらく狙ってこないが、まさかあきらめたわけではなかろう。こちらが油断するのを、息をひそめてじっと待っているのだ。

決して気をゆるめるわけにはいかぬ。

俊介は気持ちを引き締めた。

「では、この文は」

いって道臣は段造の遺書をかざした。

「偽物だとおっしゃるのでござるな」

俊介は深く顎を引いた。

「俺はそうではないかと思う」

道臣が眉をひそめた。西太夫は顔をゆがめており、悪相がさらに醜いものになっている。

道臣が気づいたように、ものいわぬ段造を見つめた。

「では、常陰も自死に見せかけられただけでござろうか」

「うむ、そうではなかろうか」

「常陰が殺されたと、俊介どのはいうのか」

西太夫が大きく目を見ひらいた。

「さよう」

「なんのために常陰は殺されねばならなかった」

「河合どのを狙いやすくするためだろう。遺書にそういうふうに書いてあれば、嘘はないと誰だって思うゆえ」

「そのためだけに常陰は殺された……」

「もっとも――」

道臣がしぼり出すような声を発した。

「はなからこのような仕儀になることは、常陰は覚っていたかもしれぬ。よい死に方はできぬと、賊どもに力を貸したときに覚悟はしていたであろう」

「苦しかったであろうな」

俊介は段造に触れた。冷たく、かたい。

「賊どもはまだどこかにひそみ、機をうかがっているのか」

西太夫がいまいましそうにいう。

「どこにひそんでいようと、町奉行のけつをひっぱたいてでも必ず引っ捕らえてやる」

俊介は目を動かし、仁八郎を見た。行くぞ、と目で告げる。仁八郎が、承知いたしました、と返してきた。

俊介は二人の家老に向き直った。

「河合どの、輿石どの。それがしどもは出かけてまいる。なにかあれば、都倉屋に供の者がおるゆえ、言づけてくれるか」

「承知いたしました」

道臣が笑みを浮かべて辞儀する。ただし、その笑いはぎこちないものだった。

「では、これでな」

俊介は仁八郎とともに揚屋を出た。

「いったい何者でござるか」

背後からそんな声が聞こえてきた。

「どうして河合さまがそんなにへりくだらなければならぬ」

それに対して、道臣がなんと答えたのか、俊介の耳には届かなかった。

二

五人の賊は、と俊介は思った。わざと俺たちに捕まるようにいわれていたのだ。

高畠村の村名主の勤左衛門のかどわかしは、狂言だったのである。もっとも、勤左衛門はこたびの件に関わってはいないだろう。そういう人柄でないのは、よくわかった。むろん、女房のおとらも同様である。

とにかく俺たちは勤左衛門を救い出す者として、何者かに選ばれたのだ。

俊介と仁八郎は、西国街道を加古川のほうへと足早に歩を進めている。まさかまた同じ場所に向かうことになるとは、夢にも思わなかった。

俺たちが選ばれたとして、と俊介はさらに考えを深めた。人品、骨柄を見られたのだろう。この者たちに頼めば、村名主をかどわかしても殺さずに捕らえ、郡奉行所に引き渡してくれる。しかも、それだけの腕を持つ者として見込まれたのだ。

いったい誰が俺たちの目利きをしたのか。

そんなことを考えたとき、前から土を蹴る音が聞こえてきた。

顔を上げると、砂埃が激しく舞い上がっているのが見えた。このところ雨らしい雨がなく、地面も大気もひどく乾いている。扉がひらくように次々と旅人たちがよけてゆく。どうやら早馬が駆けてきているようだ。

早馬は、脇にどいた俊介たちにあっという間に近づき、もうもうと砂埃を巻き上げて駆け去っていった。

乗っていたのは侍だった。なにがあったのか、必死の形相《ぎょうそう》で手綱《たづな》を握り締めていた。

「早馬か」

独り言のようにいって、俊介は再び歩き出した。仁八郎が前につく。いつものように油断のない目をあたりに配っている。

俊介には、ひらめいたことがあった。

「俺たちが明石の飴屋という旅籠を出てしばらくしたあと、早馬が追い越していったのを、仁八郎は覚えているか」

「はい、覚えております」

仁八郎がはっきりと答える。

「あの早馬には侍ではなく、町人が乗っていました。飛脚便かな、と俊介どのがつぶやかれたのも覚えておりもうす」

「そうだ。あの早馬は町人が手綱を握っていた。あれは、俺たちのことを高畠村の者に知らせたのだな」

俊介の言葉に仁八郎が考え込む。

「俊介どの、あの時に早馬を出せる者というと、限られています」

「うむ、一人しかおらぬ」

俊介は断言した。

「さっき名が出たばかりだ。飴屋の主人儀右衛門であろう」

まずは儀右衛門に会い、話を聞く必要があった。

強い陽射しが路面や屋根を焼いている。

すでに夏がやってきたようだ。その暑さをものともせず、明石宿には大勢の旅人が行きかっている。ちょうど昼の時分で、煮売り酒屋やうどん屋、茶店などで腹を満たしている者も少なくない。

魚や貝を焼くにおいが漂っている。焦げた醬油の香りが食い気をそそる。

俊介は腹が減っていたが、今はそういうときではない。腹ごしらえはあと回しである。

俊介たちは餄屋の前に立った。

宿は閑散としていた。とっくに旅人は出払っていたようで、土間には誰もいない。まだ旅人が投宿するには早い刻限で、宿の者たちも掃除が終わり、今はのんびりと昼餉をとっているのかもしれない。あと一刻もすれば夕餉の支度などで、宿は戦《いくさ》のようになるのだろう。

俊介は奥に声をかけた。

はい、と番頭が出てきた。俊介たちを見て、ていねいに一礼する。この旅籠を出立するとき、儀右衛門とともに見送ってくれた篤実そうな番頭である。

「お泊まりでございますか」

番頭が、おや、という顔をする。

「お侍方は、このあいだうちにお泊まりになりましたね。お名は俊介さま、仁八郎さま」

「よく覚えているな。たいしたものだ」

「おきみちゃんは一緒ではないのでございますか」

「おきみは連れてこなかった。儀右衛門はいるか」

「主人でございますか」

「ちと用事があるのだ」

「承知いたしました。少々お待ちください」

番頭が奥に姿を消した。

「儀右衛門どのは出てきますか」

仁八郎が案じる。

「出てくるさ」

俊介はいいきった。

「なぜでございますか」

「俺は、儀右衛門が頼まれただけと踏んでいるからだ。この宿はうまい料理によく日に当てた布団、きれいな湯と三拍子そろっていた。これは儀右衛門の薫陶によるものだろう」

「はい、伝兵衛どのも口を極めてほめていました」

俊介は微笑を漏らした。

「あの男、終生忘れぬ宿とまでいいおったな。つまり、儀右衛門はこの飴屋を営むことに心血を注いでいるのだ。そういう者は、本当の悪さなどできぬものであろう。頼まれて、断りきれなかったにすぎぬ。儀右衛門も、俺たちの用事がなんなのか、すぐに見当がつくはずだ。説明すれば、わかってもらえると考えよう。きっと出てくる」

「儀右衛門どのは誰に頼まれたのでしょう」

「それはこれから聞けばよい。きっと素直に教えてくれよう」

俊介の言葉が終わるのを見計らうかのように、儀右衛門が番頭と一緒にやってきた。

「これは俊介さま、仁八郎さま」

少し顔がかたい。

「儀右衛門、元気そうだな。番頭にもいうたが、話を聞きたい。なにを聞きたいか、わかるな」

「はい」

儀右衛門が言葉少なに答える。

「どこか話のできるところに案内してくれ」

「でしたら、こちらへ」

俊介と仁八郎は、帳場の脇にある座敷に招じ入れられた。

「いまお茶をお持ちします」

番頭が頭を下げ、去っていった。

「知りたいのは、一つだ。誰に頼まれた」

俊介は単刀直入にいった。

「そなたが断り切れなかったのは、よくわかっている」

「は、はい」

儀右衛門がうなだれる。そうすると、体が少し縮まったように見えた。

「しかし、義理とかではございませぬ。お金を積まれたのでございます。それも、よだれが出るほどの大金にございました。今、この明石には新しい宿がいくつかできまして、うちのように古びたところはかなり苦しいのでございます。旅の人たちは、やはり新しい宿を好むものですから」

その気持ちは、旅を長く続けてきて俊介にもわからないではない。新しい旅籠に入ったときは、心弾むものがあるのだ。

「やむを得ず値上げはさせていただきましたが、もちろん以前の通りに一所懸命、励んでおります。ですが、なかなか持ち直せず、つい大金に目がくらみ、引き受けてしまいました。まことに申し訳ございません」

新鮮な海鮮がふんだんに使われた料理を出しているというのに、他の旅籠とそう変わらない代しか取っていないのだろう。おそらく、たくさん仕入れることで食材を安くしてもらってきたのに、よその旅籠に旅人を食われてしまったのなら、これまでと同じ量は仕入れられない。当然のこと、値は高くなる。旅籠を営んでゆく上では、これは相当の痛手にちがいあるまい。

「儀右衛門。そなたは、人物が甘そうで腕が立つ者を捜してくれといわれたのだな。誰に頼まれた」

「いえ、滅相もない。人物が甘そうというようなことは決してございません。情け深そうな方といわれました。あの方の名は存じません。身なりは旅装束でしたが、旅はしていらっしゃらないと思います」

「どうしてだ」

「日焼けをしていらっしゃいませんでした。それに、着物も旅塵にまみれていらっしゃいませんでした」

「土地の者ということか」

「はい、おそらくは。訛《なま》りも、こちらのものでございました」

「町人か、それとも侍か」

「手前は町人とお見受けしました」

「刀は帯びていなかったのだな」

「道中差だけでございました」

そうか、と俊介はいった。

「俺たちのことをこれ以上ないはまり役と見込んだそなたは、すぐさま早馬を走らせたのだな」

「はい、その通りでございます」

「誰に向けて走らせた」

「はい、ご存じかどうか、高畠村の手前に播磨原という見晴らしのすばらしい広々とした草原がございます。その近くに茶店がございます」

「うむ、先ほど通ってきた。今日は休みのようで閉まっていた」

「さようにございましたか。あそこの主人の格吉さんはここ最近、病がちとの噂を聞いております。今日も床に伏せているのかもしれません」

「ふむ、そうだったか」

俊介は、格吉がやくざ者に襟元を絞められていた姿を思い出した。ひょろりとやせた年寄りだった。やせているのは、病に冒されていたためなのか。

儀右衛門が言葉を続ける。

「茶店の先に地蔵堂があり、そこまで早馬を走らせるようにという指示でございました」

「そなた、文を書いて早馬に託したのか」

「さようにございます。俊介さま、仁八郎さま、伝兵衛さま、おきみちゃんというお武家の四人連れで、どのような人相、身なりかも記しておきました」

そこまで書けば、受け取った者はまちがいようがなかっただろう。儀右衛門の文を手にした者は、記された通りの四人連れがあの茶店近くにやってくるのを、待ち構えていたということだ。

茶店の亭主の格吉と看板娘のおけい二人はこたびの件に関係あるまい。ただ、利用されただけにすぎない。

関係しているのは、狼藉をはたらいたあのやくざ者たちだろう。おけいたちは、これまで見たことのないやくざ者だといっていた。

あのやくざどもが茶店でわざと騒ぎを起こし、俊介たちに亭主と看板娘を助けさせる。そして、すかさず里吉をはじめとした高畠村の三人が、俊介たちの腕を見込んでといって、勘左衛門奪還の依頼をする。

こういう筋書だろう。よくできた筋書とはいえないのだろうが、見抜くことはできなかった。このあたりは、やはり人物が甘いゆえだろう。

ということは、と俊介は気づいた。里吉たちが怪しいということにほかならないか。俊介たち一行を待ち構えていたのは、あの三人ということにならないか。

仮にそうでなくても、話を聞く必要はありそうだ。

「儀右衛門、そなたに依頼にやってきた男の顔を覚えているか」

「はい、覚えております。この商売を長く続けておりますと、一度お目にかかった人さまのお顔は、自然に頭から抜けなくなるものでございます」

「ほう、そういうものか」

俊介はよかったと思った。

「その者の人相書を描きたい。力を貸してくれるか」

「はい、それはかまいませんが」

儀右衛門はどこか煮え切らない顔だ。俊介は厳しい目を据えた。

「そなた、大金をもらっておきながら、そのようなことをすると、裏切ることにならないかと思うておるのだな」

「は、はい」

図星を衝かれたようで、儀右衛門の目が泳いだ。

「儀右衛門、そなたも噂は聞いておろう。姫路で木綿問屋が押し込みに遭い、皆殺しにされた件だ」

儀右衛門がはっと顔を上げる。

「は、はい、確かに。お金も相当奪われたと聞いております。では、もしやあの者が押し込みにございますか」

「いや、押し込みは江戸からやってきた者どもだ。そなたに依頼してきた者は手を下してはおらぬだろう。だが、関わっていることはまちがいない」

「さようにございますか」

儀右衛門は衝撃を受け、言葉がない。顔色が青く、目がうつろになっている。

「今から人相書を描く。力を貸すのだ。よいな」

気を取り直したように俊介を見る。

「承知いたしてございます」

俊介は袂《たもと》から紙の束を取り出した。腰に下げた矢立から筆を手にし、儀右衛門を見つめた。

「では描くぞ。まず、どのような輪郭だった」

儀右衛門が、思いを込めたようにぎゅっと目を閉じる。罪滅ぼしの気持ちがあるのか、できるだけ正確な顔を脳裏に思い浮かべようと懸命になっているのが、俊介にまざまざと伝わってきた。

四半刻後、人相書はできあがった。

俊介は見つめた。仁八郎は横から控えめに見ている。

月代《さかやき》はきっちり剃《そ》られている。眉が太く、目は切れ長で、そこだけ見ていると役者といっても通るような気がする。頬に何本かの縦じわが入っており、それがどことなく人としての荒々しさを醸している。鼻は刃物を思わせるように高く、唇は上下ともに薄い。苦み走った男ともいえようが、凶悪な本性を隠している感はぬぐえない。

「これでよいのだな」

俊介は人相書をかざし、念を押した。儀右衛門ができたばかりの絵をじっと見、顎を大きく上下させた。

「はい、よく似ていると思います」

俊介は墨が乾くのを待っててていねいにたたみ、懐にしまった。

これ以上、儀右衛門に望むことはなかった。俊介は腰を上げた。

「あの、手前はどうすればよろしいでしょう」

儀右衛門がすがるような目で見上げてくる。

俊介はにこりとした。

「なに、このまま宿を続ければよいのだ。正直に誠実に商売を続ければ、きっとよいことがあろう。そなたはよい男だ。そういう者に日が当たらなければ、世の中というものは、どんどんおかしくなっていく。儀右衛門、おのれを信じよ。これまで通り、真心を込めて商売に励むことだ」

「はい、必ずやそういたします」

誓うようにいって、儀右衛門が平伏する。あの、と少し顔を上げた。

「俊介さまは、いったいどなたなのでございますか」

「それは、正体をきいておるのだな」

俊介は笑いかけた。

「正体ということではございませぬ。なにか人をふんわりと包み込むようなお方で、まわりを吹く風が他のお武家とはちがうような気がいたします。手前、宿をはじめて長《なご》うございますが、俊介さまのようなお方は初めてでございます。やんごとない身分のお方ではないかと思ったもので、ついうかがいとうなりましてございます」

「やんごとない身分か。そんな大袈裟な者ではないぞ。――そなた、口は堅いか。誰にもいわぬと約束できるか」

「はい、それはもう。もし他言することあれば、手前は町人ではございますが、腹をかっさばいてご覧にいれます」

燃えるような真剣な眼差しで見つめてくる。

「俺の正体を他言したからといって腹を切るほどのことではないが、それだけの覚悟であるということだな。うむ、よくわかった」

俊介は腰を折り、儀右衛門の耳に言葉を注ぎ入れた。

「ええっ」

腰を上げ、儀右衛門が言葉を失う。ごくりと唾を飲んだ。

「ど、どうして真田さまの若殿が、あっ、い、いえ、なんでもございません」

「のんびりとしているような跡取りにも、いろいろとあるのだ」

俊介たちは飴屋を出た。儀右衛門が見送りについてくる。

「あの、本当にこれでよろしかったのでございますか」

俊介は笑顔を見せた。

「うむ、かまわぬ。おぬしは別に悪いことをしたわけではない」

「ありがとうございます」

儀右衛門が深く腰を折る。

「そのような真似をせずともよい。旅の者たちが不思議そうに見ているではないか。儀右衛門、とにかく人に尽くすことだ。もし償いをしたいと思うておるのなら、それで十分だ。では、これでな。達者に暮らせ」

俊介たちは、西国街道を西に向かって歩きはじめた。

「俊介さま、仁八郎さま、またお寄りくださいませ」

儀右衛門の振りしぼるような声が追ってきた。俊介は足を止め、振り返った。

「うむ。帰りにまた寄らせてもらうかもしれぬ。そのときはよろしく頼む」

「はっ、はい。お待ちしております」

儀右衛門にうなずきかけてから、俊介は歩を進めだした。

当然のように仁八郎が露払いをつとめ、あたりに厳しい目を放っている。

三

播磨原そばの茶店は、相変わらず閉まったままである。

どうやら人は住んでおらず、ただ茶店としての造作がなされているだけのようだ。住まいは別のところにあるのだろう。

亭主の格吉の病は重いのだろうか。あの看板娘のおけいが看病しているのだろうか。

あの者たちに、茶店以外のたつきはあるのか。今はあると信ずるしかなかった。

二人はこの近くに住んでいるのだろうか。

茶店の西側に人家がかたまっているが、高畠村の村人のものだろう。格吉とおけいも住人だろうか。

街道をそれて、細い道に足を踏み入れる。俊介と仁八郎は高畠村に入った。道の先に見える村名主の屋敷に向かう。

この暑いなか、今日も村人たちが田畑に這いつくばるようにして働いている。

それでも、このあたりは風の通りがよいようで、明石に比べたら幾分か涼しさを感じた。

勘左衛門の屋敷には、人けが感じられなかった。古くて壊れかけている母屋に陽射しが当たり、どこかわびしげな風情を醸している。

二本の門柱のあいだを抜け、俊介たちは屋敷の敷地に入りこんだ。母屋の前に立ち、仁八郎が奥に声をかける。

だが応えはなく、誰も出てこない。返ってきたのは沈黙だけである。

仁八郎が、俊介の腹に響くような大声を張り上げた。このあたりは道場で鍛えているだけのことはある。

「はーい」

女の声で返事があり、廊下をやってくる軽やかな足音がした。あらわれたのは、勘左衛門の女房のおとらだった。

「あっ、俊介さま、仁八郎さま」

明るい笑みを浮かべ、瞳を輝かせている。廊下にぺたりと正座し、頭を下げる。

「よくいらしてくれました。あの、おきみちゃんと伝兵衛さまは」

「あの二人は姫路で留守番だ」

「はあ、姫路で。――ああ、このあいだは亭主を取り戻していただき、まことにありがとうございました。感謝の言葉もございません」

「そのことはよい。もう何度も聞いたゆえな」

はなからやつらは捕まる気でいたのである。自分たちは、それにはめられたに過ぎない。わざわざほめられるようなことではなく、気恥ずかしさしか残らない。

「こちらこそおきみの面倒をみてもらい、かたじけなかった」

「困ったときはお互いさまでございますよ。おきみちゃんはその後いかがでございますか」

「うむ、そなたらのおかげで元気すぎるほどのものだ」

「それはようございました」

おとらが破顔する。

「俊介さま、仁八郎さま。こんなところで立ち話もなんでございますから、どうぞ、お上がりください」

俊介は静かにかぶりを振った。

「いや、おとら。残念ながらそうもしていられぬのだ。里吉はいるか」

おとらの顔がにわかに曇った。

「里吉がなにかしたのでございますか」

「ちと話を聞きたいだけだ」

「さようでございますか。里吉でございますけど」

おとらがいいよどむ。俊介たちは口を挟まず、黙って待った。

「どういうわけか、消えてしまったのでございます」

「里吉が消えた。いつのことだ」

「俊介さまたちが、こちらを出たあとすぐでございます」

俊介は頭をめぐらせた。これは、里吉が一味の者であることを意味するのだろう。これまで里吉は勤左衛門の屋敷で働く下男でしかなかった。勤左衛門のかどわかしの片棒を担ぐことで、大金を得ることになった。

ただし、熱を出したおきみの看病で俊介たちがこの屋敷に世話になっているあいだは、怪しまれるためにさすがに出奔《しゅっぽん》するわけにはいかなかった。

それが、俊介たちがこの屋敷を発って、初めて飛び出すことができたのだろう。

「里吉がどこにいるか、心当たりは」

おとらがむずかしい顔になった。うつむき、じっと考え込む。

「ございません。申し訳ございません」

「いや、謝るようなことではない」

笑みを浮かべた俊介はおとらにたずねた。

「茶店を営んでいる格吉はこの村の者か」

「さようにございます」

「どこに住んでいる。病ではないかと聞いたもので、見舞いに行こうと思うている。ちと話も聞きたいのでな」

「俊介さまは、格吉さんとお知り合いでしたか。ああ、格吉さんたちが危ういところをお助けになったことで、私たちは俊介さま方と知り合うことになったのでございましたね。はい、確かに格吉さんは肝の臓の具合が悪いようで、医者にかかっております。このところ伏したきりという話も聞きますが、心配でございます」

おとらの顔に気がかりの翳が差す。

「家は、目の前の道を二町ばかり北へ行ったところにございます。大きな三本の杉のそばに建つ家でございますから、すぐにおわかりになるものと」

「家人は二人だけか」

「格吉さんと看板娘のおけいちゃんの二人暮らしでございます」

　俊介はうなずいた。

「ところで、勤左衛門はどうしている。今日は不在か」

「はい、出かけております。水のことで話し合いに隣村へ。村名主のお屋敷で寄合にございます」

「このあたりは水が豊富だが、やはり話し合いが必要か」

「それはもう。昔は、水をめぐって戦に近いことまで起きたそうにございます。今はそういうことにならないようにと、話し合いを重ねることになっております」

「そうか。話し合いというのは、実に賢明だな。すばらしい知恵だと思うぞ。おとら、勤左衛門によろしく伝えてくれ」

「えっ、もうお帰りでございますか」

おとらの顔に驚きの色が走る。

「うむ、ちと急ぐゆえ」

「さようでございますか。急がれるのを無理にお止めもできませんね」

おとらが残念そうにうなだれる。俊介は申し訳ない気分になった。

そうだ、と思い出し、懐から儀右衛門の言を基に描き上げた人相書を取り出して、おとらに見せた。

「この者を知らぬか」

人相書を手にしたおとらが、真剣そのものの目を落とす。すまなげな顔を上げた。

「いえ、会ったことも見たこともない人でございます。ちょっと冷たい感じはしますが、なかなかいい男でございますね」

「そうか。おなごにはそう見えるか」

「なにをした人でございますか」

「姫路の押し込みは聞いているか。それに関係している男かもしれぬ」

「えっ」

おとらの顔色が変わる。

「俊介さまが押し込みを追いかけていらっしゃるんですか」

「ちと関わりができてな」

「捕まえるおつもりなんですね」

「そうだ」

俊介は人相書を折りたたみ、懐にしまった。

「おとら、会えてうれしかった。ではな」

腹に力を込めていい、俊介と仁八郎はきびすを返した。おとらが土間の草履を履き、あわてて追ってきた。

門柱のところで俊介たちは振り向いた。

「また会おう」

仁八郎もおとらに首肯《しゅこう》してみせる。

「はい、私も俊介さま、仁八郎さまにまたお目にかかりとうございます。こちらにいらっしゃったら、是非ともお寄りくださいい」

「うむ、きっと寄らせてもらう」

「それにしても、お二人がせっかくお越しになったのに会えずじまいとは、亭主は悔しがりましょう」

「俺も勤左衛門に会えなくて残念だ。よろしく伝えてくれ」

「承知いたしました。あの、俊介さま」

「なにかな」

「俊介さまはどういうお方でございますか」

思い切ったようにきいてきた。

「俺か。ただの若造だ」

「いいえ、そうは見えません」

おとらは懇願の目をしている。俊介の性格として、こういう目をされると、すげなく断れない。それに、旅籠のあるじの儀右衛門には教えて、おとらに話さないというのは、どうなのだろうと思う。

だが、ここでまたも正体を明かすのはあまりに口が軽すぎはしないか。これでは人の上に立つ者としての資質に欠けているのではあるまいか。

しかし、かまうことはあるまいと俊介は断じた。誠実な者に教えることが、悪いとは思えない。それにおとらは、いかにも口が堅そうである。

近くに誰もいないことを素早く見て取った俊介は、おとらにささやきかけた。

「ええっ」

仰天したおとらは儀右衛門と同じ表情になった。俊介をまじまじと見つつ、ぽかんと口をあけている。

「あ、あの、どうしてそのようなお方がこのような村にいらっしゃるのでございますか。確か、跡を取られるお方は江戸に常にいらっしゃらなければならないとの決まりがあるとうかがったことがございます」

「うむ、その通りだ。俺にはわけがあって、旅を続けているのだ。仁八郎や伝兵衛はそれにつき合ってくれている」

「俊介さま、わけまで教えてくださらなくてもけっこうでございますよ。秘密の重さで、潰れてしまいかねませんから。俊介さまのご身分を、亭主に教えてもようございますか」

「勤左衛門の口の堅さをそなたが信用しているのなら、かまわぬ」

「それでしたら、太鼓判を押します。家屋敷はみじめなありさまになりましたが、人物は落ちぶれておりません」

「そいつは頼もしい亭主だな」

「できれば、このみじめな家屋敷をなんとかしてくれると、もっとありがたいのですけど」

俊介は快活に笑った。仁八郎も破顔している。おとらもにこにこしていた。笑いをおさめた俊介たちは、別れを告げた。別れを惜しんでおとらは、泣き笑いの顔をしている。

その顔を見て、俊介もぐっとくるものがあった。仁八郎も、目を潤ませているように見えた。

勤左衛門の屋敷をあとにした俊介と仁八郎は、細い道を北へと歩きはじめた。

「手がかりが切れたな」

「はい、まったくでございます」

「仁八郎、大金を手にした若い男はどこに行くのかな」

「まず盛り場でございましょう。飲み屋、女郎屋、賭場といったところでしょうか」

「まさか里吉が口封じをされたというようなことはなかろうな。里吉を捕まえたら、どんな話が聞けるだろう」

「はて」

仁八郎が首をかしげる。

「たいしたことは聞けぬかもしれぬな」

「俊介どの」

仁八郎が静かに呼びかけてきた。なにかな、と俊介は顔を向けた。

「勤左衛門どのをかどわかしたあの者らは、わざと我らに捕まったのでございますね」

確かめるようにきいてきた。

「その通りだ」

「人目を避けられる深夜を選んで矢文を放たなかったことや最初と同じ場所から放ってきたことも、捕まることを目的にしていたからでございますね」

「うむ、そういうことだ」

俊介は深くうなずいた。

「そして、目論見通り、やつらは姫路の獄屋に入った。ただし、賊どもにとって誤算だったのは、おきみの風邪だろうな。姫路をとっくに通り過ぎていなければならないはずの俺たちが、十日も高畠村にいることを賊たちは知らなかった。いや、里吉が伝えたかもしれぬが、多分甘く見たのだろう。まさか隣の旅籠に投宿するとは、賊どもは夢にも思わなかったのだろう。それで押し込みを仁八郎に気づかれ、俺たちがこの一件に深く関わるようになった」

「都倉屋を襲撃して皆殺しにすることは、最初から画してあったことでございますね」

「姫路を代表し、河合道臣にかわいがられている三軒の木綿問屋を血祭りに上げ、それから道臣を殺す手はずになっていたのだろう。だが、それも俺たちが都倉屋の隣に泊まったことで、やつらの目論見が崩れることになった」

「旅籠の隣でない木綿問屋を選べば、また結果はちがったでありましょうに」

「仁八郎、俺たちが隣に泊まったのを偶然と思うか」

仁八郎が少し考える。

「俊介どのは、偶然と考えていらっしゃらぬのでございますね」

「天網恢々疎《てんもうかいかい》にして漏らさず、という老子の言葉通りと思うからだ」

「確か、天網は荒いように見えるが、悪人を網の目から漏らすことはない、必ず捕らえるという意味でしたね」

「うむ。天の道理は厳しいもので、悪事をはたらいた者には必ず天罰が下る。悪いことはできぬという教えだな」

俊介の胸には、必ず捕まえてやるという思いがずっしりと居座っている。

「賊どもも、河合どのを殺すのが終尾の目的なら、木綿問屋に押し込む前に、さっさとやるべきだったのではありませぬか」

「欲をかいたのだろう」

「金ですね」

「大金がたやすく手に入るのなら、木綿問屋に押し入ることに、意味があったのだろう。だが、そんな余計なことをしたせいで、やつらはいま追い込まれつつある」

三本の杉の大木が近づいてきた。相当の大木であるのがわかる。いちばん右側の杉の袂に、こぢんまりとした家が建っている。茶店とほぼ同じような大きさだ。

「この家ですね」

仁八郎がいい、戸口に近づいた。

「格吉どの、おけいどの」

軽く障子戸を叩く。

「はい」

若い女の怪訝そうな声が俊介の耳に届いた。仁八郎の代わりに声を発する。

「俊介と仁八郎だ。わかるか」

「あっ、はい」

一転、声が弾んだ。障子戸が横に引かれ、おけいの顔が俊介の視野に飛び込んできた。目が生き生きと輝いている。

「俊介さま、仁八郎さま」

「茶店が閉まっていたので、ちと気になって訪ねてみた」

「おきみちゃんが風邪をこじらせて、勘左衛門さんのところでしばらく静養していたと聞きました。お見舞いにも行かず、済みませんでした」

「それはよい。そなたも格吉の看病でたいへんなようだな」

おけいが目を落とす。

「おけい」

元気のよいしわがれ声が家のなかから飛んできた。

「俊介さまと仁八郎さまを、いつまでもそんなところに立たせておくんじゃない。早く上がってもらいなさい」

「汚いところですが、お上がりください」

「かたじけない」

なかは薬湯らしいにおいが漂っていた。薄暗い家には、三畳ほどの土間と、囲《い》炉《ろ》裏《り》の切られた八畳間、四畳半ほどの寝所らしい部屋があるだけである。

その寝所に格吉はいた。薄っぺらな敷布団に横たわり、掻巻《かいまき》を着ているが、おけいの手を借り、ゆっくりと起き上がった。

「その節はありがとうございました」

両手を突き、礼を述べる。

「そのような真似をせずともよい。格吉、寝ていてくれ」

「いえ、そういうわけにはまいりません」

「よいのだ」

俊介は格吉を横たわらせた。

「すみません」

「よいのだ。気にするな」

格吉が、慈愛に満ちた目で俊介を見つめてきた。俊介に祖父の記憶はほとんどないが、どこかなつかしさを覚える瞳である。

「俊介さま、よくいらしてくれました」

「うむ、そなたの見舞いだ。それと、ちと話が聞きたくてな」

「どのような話でございましょう」

「その前に具合はどうだ。意外といってはなんだが、顔色は悪くないではないか」

つやつやとはしていないが、肌がかさついているようには見えない。

「それがあまりよくないんですよ。少し動くと、すぐに疲れてしまって」

「病は気からというではないか。格吉、元気を出してくれ」

「はい、わかりました。元気を出します」

俊介はにこりとした。

「それでよい」

「俊介さま、それでお話とは」

「うむ、この前、茶店で狼藉をはたらいたやくざ者のことだ。あの者たちのことで、なにか思い出したことはないか」

「えっ、あのやくざどもですか」

首をひねって格吉が考え込む。

「いえ、この前もお話ししましたけど、あっしの知らない連中ですよ」

俊介はおけいに目を向けた。

「あたしも覚えはありません。これまで一度も会ったことのない人たちでした」

そうか、といって俊介は懐から人相書を取り出した。

「この男はどうだろう。見覚えはないか」

俊介は格吉の前に人相書をかざし、よく見えるようにした。おけいが立ち上がり、小窓をあけた。風が吹き込んでくると同時に、少し部屋が明るくなった。

格吉がじっと見ている。

「見たこと、ありますね」

「まことか」

俊介はさすがに勢い込んだ。

「前に、茶店に来たことがありますよ。かれこれ二月ばかり前のような気がしますね。こう見えても、あっしは商売柄、お客の顔はよく覚えているんで」

「そいつは頼もしい。名は知らぬか」

「それは知りません。申し訳ありません。あまり人相がいいとはいえない人のようですけど、なにかしでかしたんですか」

「そなたら、姫路を騒がしている押し込みを知っているか。この男は、それと関係のある者かもしれぬ」

「えっ、まことですか」

格吉が驚き、布団から起き上がろうとする。俊介は押しとどめた。

「押し込みの噂はずいぶんと耳にしていましたけど、あの、俊介さまはその押し込みを追いかけていらっしゃるんですか」

「うむ、ちと関わりがあってな」

おとらとまったく同じやりとりをしたのを、俊介は思い出した。

「格吉、この男となにか話したか」

「いいえ、あっしはなにも」

「あたしも話していません」

俊介は少し考えた。

「この男は一人だったか」

「いえ、確かもう一人いましたよ。二人連れでした」

「そのもう一人の男が誰か、知っているか」

「いいえ、存じません」

「あたしも知りません」

なかなか前に進めないもどかしさはあるが、俊介にあきらめる気は毛頭ない。

「もう一人はどんな男だった」

「あれは、どう見ても、やくざ者のような感じでした」

おけいがはっきりと告げた。

「あっしもそう思います」

格吉が力強く同意する。

「この前、店で乱暴をはたらいた者たちと、雰囲気がそっくりでした。身なりが崩れていて、人としてなっていない感じがしましたよ」

「その二人がどんなことを話していたか、覚えておらぬか」

また格吉が考えにふける。おけいも唇に手を当てて、同様である。

「そういえば」

おけいがさっと顔を上げた。瞳がきらきらして、まぶしいくらいだ。

「その二人は、うちのお饅頭を食べていたんです。こいつはなかなかいけるな、とかいい合っていましたけど、姫路には名物の菓子があるそうだな、この人相書の男の人がいったんです。もう一人のやくざらしい人は、玉椿のことかい、ときいたんです」

つまり、この人相書の男はよそ者ということになる。江戸からやってきた、殺しをもっぱらにする者の一人か。村名主の勘左衛門をかどわかすということで、下見に来ていたのかもしれない。

「玉椿なら俺たちも食した。うまかったぞ。——すまぬ、話の腰を折ってしまったな」

「いえ。――人相書の男の人は、玉椿ってのは聞いたことあるけどうまいのかい、とききました。ああ、うまいぜ、なんといっても俺は毎日食ってるくらいだ、とやくざ者は答えました。そして、すぐにこう続けたんです」

おけいの口調は熱気に満ちている。

「銘菓玉椿を売ってる伊勢屋は、うちのすぐ前にあるんだぜって」

「まことか」

俊介はおけいにただしつつ、伊勢屋のはす向かいにやくざ一家の建物があったのを思い出した。何人かのやくざ者が声高に話しながら、どやどやと建物に入っていった光景が脳裏によみがえる。

「もう一人の男は、あの一家の者だったのか」

「伊勢屋の向かいにあるやくざ一家をご存じなんですかい」

格吉が俊介をじっと見てきく。

「いや、評判の銘菓の玉椿を買おうとしたとき、やくざ一家の建物があるのが目に入っただけだ。格吉、おけい」

俊介は呼びかけた。

「その者の人相書を描きたい。力を貸してくれるか」

「はい、お安い御用です」

おけいが弾んだ声を出す。

「おじいちゃんは休んでていいわよ。あたしが人相を説明するから」

格吉が苦笑する。

「おけい、おまえ、俊介さまを独り占めにしたいんだな」

「そんなことないわ」

おけいが顔を真っ赤にして否定する。

「おじいちゃんを休ませたいだけよ」

「わかったよ。そういうことにしておこう」

格吉が俊介を見る。

「俊介さま、おけいの相手をしてあげてもらえますか」

「うむ、承知した」

俊介は立ち上がり、隣の八畳間に移った。仁八郎もついてくる。おけいが格吉の寝所の板戸を静かに閉め、俊介の前に座った。

「あっ、お茶も差し上げずに済みません」

「いや、茶はよい。おけい、さっそくはじめたいのだが、よいか」

「はい、わかりました」

おけいが座り直し、まっすぐに俊介を見つめてきた。

力強い目をしているな、と俊介は思った。紙を用意し、矢立から筆を取りだした。

「よし、おけい。気を楽にしてくれ。無理に思い出そうとせずともよいからな」

はい、とおけいがうなずく。

俊介は男の顔の特徴を次々に聞き出し、それを紙に描いていった。何枚か反故《ほご》を出したのち、人相書はできあがった。

新しい人相書を凝視した。仁八郎も横から見つめている。

俊介は人相書に目を向けつつ、懐から巾着《きんちゃく》を取り出した。これを、とささやくようにいって仁八郎に手渡し、目配せする。仁八郎が目配せの意味を覚り、小さくうなずく。

人相書をじっくりと見た。

たっぷりとした頰は垂れ下がり気味で、下唇が分厚いのがまず目につく。眉毛は逆八の字で、丸い鼻がちんまりと顔の中央にのっている。両目が離れており、どこか魚のような感じがする。なんとなくだが、小ずるい男なのではないかという気がした。

おけいによると、男の背丈はせいぜい五尺一寸ばかりで、腹と背中にやや肉がついていたとのことだ。

「おけい、これでよいか」

人相書を渡した。おけいがじっと見る。すぐさま大きく顎を動かした。感動を隠せずにいる。

「そっくりです。俊介さま、すごい」

俊介はほっとし、顔をほころばせた。おけいも、うれしそうにしている。

「格吉に見てもらってもよいか」

「もちろんでございます」

おけいが立ち、おじいちゃんといって板戸をあけた。格吉が目をひらいた。

「寝ていたの」

「いや、目を閉じていただけだ。できたのか」

「うん、すばらしい出来よ」

「そいつは楽しみだ」

格吉が起き上がる。おけいが、格吉の搔巻の乱れをそっと直した。

「見てくれ」

俊介は手渡した。受け取った格吉が真剣な目を人相書に当てる。

「よく似ています。すごいものですね。目の前にいるのを描いたみたいでございますよ。この男が伊勢屋の向かいのやくざ一家の一人だったら、見まちがいようがありませんね」

「わかった。格吉、かたじけない」

「お礼をいわれるほどのことではありませんよ」

人相書を受け取り、俊介は懐にそっとしまい込んだ。

「本当に助かったぞ。礼を申す。俺たちは帰る」

俊介は二人に暇《いとま》を告げた。

「もうお帰りですか」

おけいが驚く。格吉も目をみはっている。

「うむ、賊を捕らえなければならぬ」

「さようですか」

おけいが悲しそうな顔をする。小さな声できいてきた。

「俊介さま。あの、一つうかがってもよろしいですか」

俊介はにこりと笑い、先んじた。

「もしや俺の正体か」

「えっ」

おけいだけでなく、格吉も同時にどきりとする。

おけいが喉をごくりと動かした。

「はい、さようにございます。このあいだもおじいちゃんと、俊介さまって何者なんだろうねって、話したばかりでございます」

どうにも切りがない。俺はそれほど、やんごとなき身分の者に見えるのだろうか。

俊介は、これからはどんなにきかれても、決して口にせぬことにしようと誓った。

身分を教えるのはこの二人が最後だ。

「格吉、おけい。決して他言せぬことを約束できるか」

「はい、もちろんでございます」

おけいと格吉が真剣な顔を並べる。祖父と孫だけに、やはり似ている。

「俺は信州松代《まつしろ》真田家の跡取りだ」

「ええっ」

二人が仰天する。格吉があわてて平伏する。おけいが同じ姿勢を取ったが、すぐにまじまじと見つめてきた。

「でも、そんなお方がどうして播州にいらっしゃるのですか。江戸にいらっしゃらなければいけないのではありませんか」

「その通りだが、いろいろあってな」

ふう、とおけいがため息をつく。

「どうした、おけい」

俊介は気になってたずねた。

「あたし、俊介さまにまたお目にかかりたいとずっと思っていました。その願いが今日かなって、躍り上がりたいくらいでした。これは運命ではないかって。もしかしたら俊介さまのご内儀になれるんじゃないかって思ったりもしたんですけど、跡取りでは無理だなあって、あきらめがついたんです」

おけいがさばさばした顔でいった。

「おまえ、そんなことを考えていたのか。俊介さまを慕っていることは知っていたが……」

格吉はあっけにとられている。

「おけい、俺を慕ってくれて、うれしかったぞ。だが、俺よりよい男などいくらでもいよう。きっとそなたにふさわしい男が見つかるはずだ」

「俊介さま、お言葉を返すようですが」

おけいはにこにこしている。

「うむ、なにかな」

「この世には俊介さまよりよい男は確かにいるかもしれませんが、いくらでも、というわけにはいかないと存じます」

「それはほめ言葉だな」

「もちろんでございます」

「かたじけなく思うぞ。ときに格吉、おけい」

「はい」

「暮らしはどうだ。茶店をあけられぬのでは、苦しいのではないか」

「少しは貯えがございますので、しばらくは大丈夫でございます。お気遣い、ありがとうございます」

おけいが深々と辞儀する。

「そうか、ならばよい」

俊介は立ち上がった。ずっと無言でいた仁八郎も立った。

「格吉、おけい、達者で暮らせ」

「俊介さまも仁八郎さまも」

「うむ。では、これでな。格吉、見送らぬでよいぞ。寝ておくことだ」

「はい、ご無礼をいたしますが、お言葉に甘えさせていただきます」

「それでよい」

俊介は草履を履き、外に出た。おけいがついてくる。仁八郎が土間で草履を履くのに、少し手間取っている。

「おけい、さらばだ」

「はい、お元気で」

「また会おう」

「はい、必ず」

俊介はぎゅっと唇を嚙み締めて歩き出した。仁八郎がすっと前に出る。

「うまくやったか」

俊介は小声で仁八郎にきいた。

「もちろんです。土間にそっと置いてきました。俊介どの、あの巾着にはいくら入っていたのですか」

「五両だ。使いやすいように一朱銀ばかりだ。おけいたちは施しと受け取らぬかな」

「二人とも、俊介どのの性格は知っておりましょう。施しと取ることは、まずあり得ませぬ。それがしは喜んでくれると思います」

「それならよいが」

俊介は振り向いた。家の前にまだおけいがいて、こちらをじっと見ている。俊介が手を振ると、全身で振り返してきた。

俊介は、心が湿ってきたのを感じた。やはり人との別れはつらい。

意を決するように俊介は前を向いた。

「よい娘ですね」

同じように前を見据えた仁八郎がつぶやく。

「嫁にしたくなったか」

「はい」

「仁八郎にも、いつかふさわしい娘が見つかるさ」

「見つからなかったら、俊介どのが世話をしてください」

「よし、承知した。この首を賭けてでも見つけ出そう」

俊介は大見得《おおみえ》を切った。

仁八郎がうれしそうに笑う。その笑顔に気持ちが和んだ。

四

途中、うどんで腹ごしらえをした。

麺には腰があって喉越しがよく、その上に甘みも感じられた。昆布だしのつゆもこくがあり、麺ととても合った。江戸ではなかなか食べられる代物《しろもの》ではなく、俊介は思わぬ儲けものをした気分だった。

急ぎ足で姫路の城下に戻った頃には、暮色が町を覆おうとしていた。明日もまたよい天気であるのを約束する太陽が、西の空に赤々とその姿を浮き上がらせている。

西国街道を西に進み、俊介と仁八郎は伊勢屋の前にやってきた。

はす向かいに、確かにやくざ一家がある。大きくて派手な赤い暖簾には『威』という字が、白で染め抜かれていた。

俊介と仁八郎は伊勢屋に入り、玉椿を十個買った。ほかに客がいないのを見て、俊介は店の娘にやくざ一家の名をたずねた。

「親分は威造《いぞう》さんといいます」

娘は眉をひそめ気味にしている。声もややかたい。

「威造の歳はいくつだ」

「五十前後ではないでしょうか」

「子分はどのくらいいる」

「詳しくは知りませんが、二十人くらいではないでしょうか」

「この男を見たことは」

俊介は、新たに描いた人相書を見せた。

娘が興味深げに見つめる。

「はい、威造親分の一家の人だと思います。ときおりうちに買いに来てくれます。

名は知りませんが」

「そうか。ありがとう。このことは、誰にもいわずにいてくれるか」

娘がほほえむ。

「はい、承知いたしました」

人相書を懐にしまって、俊介たちは外に出た。威造一家へさりげない目を向けて、前を通り過ぎる。

西国街道を再び進んで、都倉屋に入った。

「おう、お帰りですか」

俊介の無事な顔を見て、伝兵衛がほっとする。

弥八も小さく笑った。おきみも笑みを浮かべようとしているが、どこか晴れ晴れとしない顔である。

そのわけを俊介はすぐさま覚った。そばに都倉屋の娘であるおせつがいるのだ。

「お帰りなさいませ」

おせつが熱い目で俊介を見る。

「うむ、ただいま戻った」

「夕餉は召し上がりましたか」

「いや、まだだが、昼が遅かったので、あまり腹は空いておらぬ。この者たちには出してやってくれるか」

「はい、承知いたしました」

俊介に供せないのが、おせつは残念そうだ。

「今お茶をお持ちいたします」

「いや、けっこうだ」

俊介はかぶりを振って断った。

「この者たちと内密の話があるゆえ、申し訳ないが、少し外してくれぬか。夕餉はそのあとに持ってきてくれると助かる」

「わかりました」

しょんぼりとおせつが出てゆく。すまぬな、と俊介は丸くなった背中に心で謝った。

仁八郎が静かに襖を閉める。俊介たちは座敷に車座になった。

「それでいかがでござった」

伝兵衛が身を乗り出す。

俊介はあらましを語った。

ほう、と伝兵衛が目を丸くする。

「この短いあいだに、よくぞそこまでお調べになったものじゃ」

「うむ、たいしたものだ」

弥八もほめた。すぐに真剣な眼差しを向けてきた。

「それで、その人相書の男をどうする。捕らえて吐かせるか」

「いや、まだ泳がせておくつもりだ。弥八は、姫路のやくざ者に詳しいか」

「別に詳しくはないが、このあいだ、ほとんどのやくざ一家をまわったな。威造一家には行っておらん」

「そうか。威造一家に対抗しているやくざ者に、話を聞いてきてくれぬか。すればば、この人相書の男のこともきっとわかろう」

「お安い御用だ」

俊介は弥八に人相書を手渡した。

「では、ひとっ走り行ってくる。すぐに戻ってくる」

弥八が天井に向かって跳躍した。天井板が外され、また閉まった。姿が見えなくなると同時に気配が消えた。

「すぐにといっても、どのくらい待てばよいのかのう。一刻以上は待たされるのではないかのう」

伝兵衛が天井を向いてぼやく。

「そんなに待たないわよ。弥八さん、仕事が早そうだもの」

「そうかのう、おきみ坊」

「そうかのうって、伝兵衛さんだって弥八さんとだいぶ話をして、すごく仲よくなってきたじゃないの」

「馬鹿をいうでない、おきみ坊。わしはあの男と仲よくなどなってないわ」

伝兵衛が吠えるようにいったが、その言葉を俊介は心地よく聞いた。自然に笑みがこぼれる。

仲のあまりいいとはいえない二人が、自分たちがいないあいだにおきみを仲立ちとして親しくなってくれれば、と願っていたが、どうやら目論見通りに進んだようだ。

威造一家という名に、聞き覚えはない。この前、忍び込んでいないのはまちがいないだろう。

だから、どの一家が威造一家に敵対しているかなど、弥八はまったく知らない。

ただ、そんなことはいっていられない。お安い御用だと見得を切った手前、やるしかないのだ。

暮れゆく町を突っ切り、弥八はこのあいだ儲けさせてもらった賭場に向かった。日の落ちきらないうちに着いた。こぢんまりとした寺の門前に、数人のやくざ者がたむろしている。あたりに行きかう人の影はほとんどなく、誰もがあくびを嚙み殺すような、退屈しきった顔つきをしていた。

弥八は悠然と近づいていった。この前、話を聞いたやくざ者がそこにいるのに気づく。

「よお」

弥八は右手を挙げ、声をかけた。

「ああ、あんたか」

夕闇を透かし見た男が、やくざ者らしからぬ目の和ませ方をする。

「賭場はもうやっているのか」

「ちょうど今ひらいたところだ。また遊んでゆくのかい」

「また稼がせてもらいに来たといいたいところだが、実は話を聞きたくてやってきた」

「話ってどんな」

やくざ者がはっとする。

「この前と同じだな。木綿問屋の押し込みの件だろう」

「その通りだ」

「調べは進んでいるのか」

「ああ、だいぶな。それで念押しのような形で、おまえさんに話を聞きに来たんだ」

「ほう、念押しね」

弥八はやくざ者の耳に口を寄せた。

「おまえさん、威造一家を知っているか」

やくざ者の顔色が、朱を刷いたようにさっと変わる。凄みのある声できき返してきた。

「あの外道が、今回の押し込みに関わっているのか」

弥八は男を冷静に見た。ぎらぎらした目はまるで油を塗ったかのようだ。威造一家を憎みきっている顔つきである。

よし、これならおもしろい話を聞けそうだ。弥八は心中で深くうなずいた。

「正直、威造一家が関わっているかどうか、まだ定かではない。今のところ、名が出てきているに過ぎない。本当に威造一家が関わっているかどうかは、おまえさんの話次第だな」

「よし、わかった。なんでも聞いてくれ」

腹を据えたようにいった。

「助かる。だが、決して嘘はつくなよ」

弥八は釘を刺した。

「嘘をつかれたら、威造一家を窮地に追い込むことなど、逆にできなくなってしまう。真実だけを教えてくれ」

「ああ、その辺は心得ている。任せてくれ。決して嘘はつかない」

やくざ者が力強い口調でいい、弥八の言葉を待つ姿勢を取った。

弥八は四半刻もかからずに戻ってきた。

「早いな」

俊介は感嘆を隠さずにいった。

「この程度の調べに、時をかけていられるものか」

さも当然という顔で弥八がいう。

「さっそく聞かせてくれ」

うむ、と顎を引いた弥八が人相書を手に語りはじめる。

「この男は勝之助《かつのすけ》というらしい。威造の右腕だそうだ」

「ほう。ならば、一家のなかでは高い地位にいるわけだな」

「そういうことだな。威造の意を受けて、動くことが多いらしい」

弥八が言葉を続ける。

「話を聞いたやくざ者によると、威造には親しくしている商人がいるらしい」

弥八が俊介に目を当てる。

「やくざ者の背後に大物が控えているのは当たり前のことだろう。俊介さんも、そう考えていたはずだ」

「さすがだ」

俊介は素直にたたえた。伝兵衛も仁八郎も弥八の手際に感心した表情である。

「なんという商人だ」

「店の名は仙石屋。当主は由之助《よしのすけ》。歳は六十六」

「けっこうな歳だな。仙石屋は、なにを生業《なりわい》にしている」

「廻船問屋に塩問屋、油問屋、造り酒屋と、なんでもござれという感じだ」

「木綿の扱いはないのか」

「うむ、ないようだ」

そうか、と俊介はいって思案した。ということは、相当の大店にもかかわらず、仙石屋は、この姫路の好景気の恩恵にさしてあずかっていないのかもしれない。

俊介は顔を上げた。

「ちょっと出てくる。すまぬが弥八、またここにいてくれるか」

「うむ、わかった」

弥八があっさりと承諾する。

「夕餉をゆっくりと楽しんでいてくれ」

「ありがたい」

弥八と伝兵衛、おきみに後事を頼んで俊介は仁八郎を連れ、再び他出した。

五

闇のなか、姫路城の影が屹立《きつりつ》している。

影だけでも美しい、と俊介は思った。まだ一度も行ったことはないが、松代にもこのような城があればどんなにすばらしいだろうと思う。しかしながら、今のこの状態を保つだけでも莫大な金が必要であろう。酒井家が七十三万両もの借財を抱えるに至ったのも、この城も一つの要因だったのではないか。

ふと、仁八郎の提灯の揺れが止まった。

「こちらです」

仁八郎が提灯を少し高く掲げると、立派な長屋門がほんのりと照らし出された。

俊介がうなずくと、仁八郎が小窓に訪《おとな》いを入れた。小窓があき、年老いた顔がのぞく。

俊介は提灯を手に持ち、仁八郎に代わって前に出た。

「河合道臣どのにお目にかかりたい」

「殿に。どちらさまでございましょう」

俊介は朗々と名乗った。

「俊介さま。名字は」

「ないわけではないが、差し障りがあるために控えさせてもらっている」

「さようでございますか」

納得した顔ではないが、お待ちくだされ、と年寄りがいった。小窓が閉じられる。

いったん去った足音がまた聞こえてきた。先ほどより早足である。門の向こう側から声がかかる。

「お入りくだされ」

くぐり戸の閂《かんぬき》が外され、わずかにきしむ音を残してひらいた。

提灯を消した俊介はくぐり戸を抜け、敷地に足を踏み入れた。仁八郎がうしろに続く。

門番の年寄りが提灯を掲げ、先導する。俊介と仁八郎は敷石を踏んで玄関に入った。草履を脱ぎ、俊介は出てきた家士に刀を渡して式台に上がった。一瞬、仁八郎が躊躇《ちゅうちょ》したが、大刀だけを手渡した。

ところどころ明かりが灯してある長い廊下を渡った。ついこのあいだ、賊どもに押し入られ、嵐が吹き荒れたようなありさまになったはずなのに、なにごともなかったかのように屋敷内は元通りになっているのだろう。このあたりは、五千石もの禄を食《は》む筆頭家老の威勢といえよう。

鷹の絵が描かれた襖の前で、家士が立ち止まった。なかに声をかける。

「俊介さま、仁八郎さま、お越しにございます」

「入ってくだされ」

道臣の声がし、家士が襖をあけた。

行灯がともされた部屋は、淡い光で満たされていた。こぢんまりとした文机の前に道臣が立ち、こちらを見てにこにこしていた。文机にはなにか書物がのっていた。

「よくいらしてくださいました」

手を軽やかに振って招き入れる。俊介たちは道臣の部屋に入った。

「お座りくだされ」

俊介はその言葉に甘えた。仁八郎が俊介の斜め後ろに控える。

「しばらく誰も近づけぬように」

道臣が家士に厳しく命じた。

「承知いたしました」

家士が襖を閉じる。足音が遠ざかってゆく。

「座敷ではなく、申し訳ござらぬ」

道臣が頭を下げた。

「いや、河合どのの居間なら、それがし、是非とも見てみたかった」

「なんの変哲もなく、申し訳なく存ずる」

「いや、こういうところで河合どのが日々を暮らしてきたかと思うと、なにか感慨深いものがある」

「さようか。俊介さまはうれしいことをいってくださる」

道臣が真剣な目を当ててきた。

「して、ご用件はどのようなことでござろう。まだ宵の口といえども、夜には変わりない。そんな刻限にいらしたということは、なにか重要な事柄でござろうか」

　俊介はうなずいてみせた。

「河合どのは、仙石屋という商家を知っているか」

「はい、よく知っておりもうす。城下でも屈指の大店でござる」

　道臣が眉根を寄せる。

「仙石屋が今回の件に関わっているといわれるのか」

「まだそうかもしれぬという程度だ。仙石屋はやくざの親分である威造と親しいらしいが、それは知っているかな」

「聞いたことはありもうす」

　いいながら、道臣が沈鬱《ちんうつ》な表情になる。行灯の光が当たっていないところが陰になり、そこだけ顔がどす黒く見える。

「どうした」

「いえ」

　道臣が顔を上げた。

「仙石屋と威造一家が、こたびの件にどのような関わり方をしているのでござろうか」

俊介は説明した。

聞き終えて、道臣が深い息を漏らした。

「明石の飴屋という旅籠にあらわれた男と、威造一家の右腕の勝之助が会っていた」

「今のところはそれだけだが、飴屋にあらわれた男は、おそらく江戸で殺しをもっぱらにしている者だ。自分たちを常陰段造の牢屋敷に入れるために、画策したのはまちがいない」

「そういうことでござるか」

道臣が顎を引いた。行灯が音を立て、炎がかすかに揺れる。

「実は、主家は仙石屋から以前、莫大な金を借りておりもうした。今はもちろん借りておりませぬ。とうに返済いたしてござる」

「ということは、仙石屋の内情は苦しいということか」

俊介の問いに、道臣が首をひねる。

「苦しいというほどのことはないでございましょう。いろいろな店を持っておりますゆえに。しかし、主家におびただしい金を貸していたときほど、潤っていないのは事実でありましょうな」

　俊介は道臣を見つめた。

「仙石屋がすべての黒幕ということは考えられぬか。江戸において木綿の抜け荷で捕まって死罪になった者の縁者が、殺しをもっぱらにする者に仕事の依頼をした。俺たちはそういうふうに考えていた。だが、実はちがうのではないか」

　道臣は黙って俊介を凝視し続けている。

「こう申してはなんだが、ことはすべて酒井家のなかで行われたのではないだろうか。仙石屋は、酒井家から莫大な借金を取り払ってしまったそなたに切歯扼腕《せっしやくわん》させられたのだ。そなたに深いうらみを抱き、殺したくてならなかった。そなたを亡き者にする前に、そなたと懇意にしており、専売のおかげでとんでもない儲けを出している木綿問屋を襲わせ、三千両を超える金を奪った。この金はもともと自分らの懐に入るはずだったものだと、由之助は考えたのかもしれぬ」

「はい、十分に考えられましょう」

　道臣が逆らうことなく認める。実を申し上げますと、と静かにいった。

「仙石屋由之助と次席家老の輿石西太夫は親しい間柄でございます。西太夫の妾は、由之助の娘にございます。娘と申しても、若い妾に生ませたもので、由之助にとっては孫のような歳にござるのだが」

「となると、黒幕は仙石屋ではなく、輿石ということも考えられるな」

やや苦しげな顔をしてから、うなずいた。

「さようにございます。二人の共謀の筋がいちばんに考えられるものでございましょう。なにしろ、輿石はそれがしの座を前々から狙《ねろ》うておりましたゆえ」

「筆頭家老の座をか」

「それがしはもう二十五年もの長きにわたり、筆頭家老の座におりもうす。輿石も、もうさほど若くはない。筆頭家老の座がほしくてならぬという気持ちは隠せぬほどのものになっておりもうしたが、まさかそれがしの命を狙うほどとは思っておりませなんだ」

道臣がぎゅっと唇を嚙む。血が出るのではないか、と思うほどの強さだ。

「ちと甘い考えでござった」

「ふむ、二人の共謀か」

俊介はかたく腕組みをした。

「動かぬ証拠がほしいな。二人の罪を暴き出せるものがあればよいのだが」

その言葉を受けて、道臣が考え込む。すぐさま口をひらいた。

「千両箱でござる」

俊介は目を上げた。

「いま千両箱といったか」

「はい。奪われた千両箱さえ見つかれば、その問題は解決できるものと」

「どうして千両箱なのだ。なにか印でも打ってあるのか」

道臣が深くうなずく。

「俊介さまもご覧になれば、おわかりになりもうす。押し込みにやられた円尾屋のあるじはそれがしに深い恩を抱き、その感謝の印として、千両箱に河合家の家紋である違い鷹の羽紋の刻印を打ってあるのでございます」

俊介はかぶりを振った。

「河合どの。残念ながらそれでは駄目だ。違い鷹の羽紋を用いている家はいくらでもある。その家紋の刻印がそなたに対する恩をあらわしているのは確かだろうが、犯罪の証拠にはならぬ」

手を考えなければならぬな。

俊介は、部屋の隅で燃える行灯を見つめた。

「二軒の木綿問屋から奪われた千両箱は、今どこにあるのだろう」

道臣に語りかけた。

「それがしは半々だと思います」

「仙石屋と輿石西太夫か。円尾屋と中安屋の金を山分けしたか」

俊介は思いをめぐらせた。

「ここは一つ、弥八に頼むか」

「弥八といわれると、それがしの命を救ってくれた、かの男でございますな」

「うむ、そうだ」

俊介は、今の状況を打開できるのは、弥八だけだろうという気がした。

大丈夫だ、と自らにいい聞かせる。あの男ならば、きっとしてのけよう。

六

仙石屋と輿石屋敷。

弥八は、どちらに忍び込んだほうがよいか、と考えた。

やはり、仙石屋のほうがよかろう。

侍と商人。どちらの背骨が弱いかといえば、商人のほうだろう。

ここは俊介のいう通り、ぐうの音《ね》も出ないようにしなければならない。

俊介からすでに策は授けられている。

その通りにやれば、きっといい結果が出るにちがいない。

仙石屋の本店は塩町にある。

深夜に都倉屋をあとにした弥八は一人、ひっそりと寂しい道を提灯もなく歩いた。

——ここか。

足を止めた弥八は見上げた。

さすがに建物は大きく、のしかかってくるようだ。あたりを威圧するだけの迫力がある。仙石屋の他の支店も近くにあるらしいが、構えはやはりこの本店が一番だろう。

これだけの店を誇っているのに、どうして木綿問屋を襲わせ、河合道臣を殺そうとしたのだろう。本当に愚かな真似としか思えない。人の欲には切りがないことを思い知らされる。

一丈ほどの高い塀には忍び返しがほどこされているが、弥八にはないも同然である。

跳躍し、忍び返しに触れないようにあっさりと越えた。敷地に入る。

目の前は草木が整然と植えられた庭だ。高価そうな庭石がごろごろしている。正面に宏壮な母屋があり、左側にがっしりとした石造りの蔵が見えている。

あそこに金はしまわれているのだろうか。あれだけの蔵ならば、誰にも破れまい。火事にも強いだろう。

人けはない。風がそよそよと動いているだけだ。いま仙石屋の敷地内にいる者で、この刻限に目を覚ましているのは、ただ自分しかいない。

塀を降りた弥八は蔵の前に立った。いかにも頑丈そうな錠が下りている。

懐から、耳かきのような形をしたものを取り出した。これは鉄でできている。それを鍵穴に差し込んだ。かちゃかちゃと動かしてみる。そうたやすくはあきそうもなかった。

時がかかることは織り込み済みだ。焦る必要はない。

やがて、鉄が落ちる軽やかな音がした。

――よし。

弥八は錠を取り外し、扉をあけた。ごごご、と重い音が立ち、背筋がひやりとしたが、誰も駆けつけてくる気配はない。

弥八は中扉もあけ、蔵に入り込んだ。じめっとして、どこかかび臭い。

おびただしい千両箱が積んである。これだけあるのに、まだほしいのだろうか。

弥八はあきれるしかなかった。

違い鷹の羽紋の刻印が打たれた千両箱はすぐに見つかった。

弥八は匕首を取り出した。これは姫路城下で購《あがな》ったものだ。

俊介にいわれた通りに匕首を使う。

――これでよし。

弥八は蔵を出た。中扉を閉め、重い扉も同様にした。最後に錠を下ろす。

あたりに誰もいないことを確かめ、仙石屋をあとにした。


その日の早暁。

「かかれ」

与力が声を限りに叫ぶ。時を計っていた捕り手たちが仙石屋の前に立ち、大槌を振るう。

分厚い戸は障子紙のようにあっけなく破られ、吹き飛んでゆく。

「行けっ。一人も逃すな」

いきなり戸が壊され、そこから町奉行所の捕り手に飛び込まれて、奉公人たちは右往左往するばかりだ。

「いったいなんの騒ぎでございますか」

庭に飛び出してきた小柄な男が、きんきんと耳障りな声を発している。顔は火を噴かんばかりに怒気をはらんでいた。

薄暗さのなか、捕物についてきた俊介は男を見つめた。あれが仙石屋のあるじの由之助ではないか。

輿石西太夫に劣らないほど醜い顔をしているから、まちがいないだろう。

眉は太いが、毛はまばらにしか生えていない。目がだらしなく垂れ、心底の卑しさをあらわしているかのようだ。唇は下が薄く、上が厚い。耳は、そこだけ成長がなかったようにちんまりとしている。長いあいだ悪行を続けてきたことが、顔にくっきりと刻まれている。

同心の手で、由之助が蔵の前に引きずり出される。

「仙石屋由之助」

与力が厳しい声音で名を呼んだ。

「この蔵の鍵を持っているな」

「松盛《まつもり》さま」

由之助が顔をゆがめてにらみつけている。

「後悔されますぞ」

「とっととこの蔵をあけい」

歯噛みしながら由之助が蔵に近づく。肌身離さず持っているのか、首に鍵がぶら下がっていた。

「どうしてあけねばならないのか、理由を教えていただけますかな」

「この蔵に、円尾屋から奪われた金があるとの通報があった」

「なにを馬鹿なことを」

由之助がせせら笑う。

「早くあけぬか」

「わかりましたよ」

由之助が鍵を鍵穴に差し込んだ。かちゃりと小気味よい音が響く。

「あとは勝手にどうぞ」

「そうさせてもらう」

与力の松盛が同心に合図する。同心が扉をあけ、中扉もひらいてなかに入ってゆく。

「ありました」

声が響いた。

「あったか」

与力が喜びの声を上げ、なかに足を踏み入れる。

「なにがあったという」

怒鳴るようにいって、由之助が遅れて蔵に身を入れた。

「これだ。よく見よ。これが円尾屋から奪われた千両箱だ」

松盛が人さし指でさしている。

「違い鷹の羽紋の刻印がしてある。紛れもなく円尾屋のものだ」

あきれたように由之助が首を振る。

「そんな家紋、どこにもありますぞ。それが証拠などには、決してなり得ません」

「仙石屋、証拠は違い鷹の羽紋の刻印ではないぞ。これだ」

松盛が千両箱の角に触れる。

「よく見よ」

由之助が不審そうに近づく。

「ここに、河合と彫ってあるのが目に入らぬか。これは円尾屋が感謝の印にと、河合さまの名を彫ったものだ」

「なんだって」

由之助が千両箱にしがみつき、じっと見る。消えないものかとばかりに激しくこする。

「馬鹿な。そんな馬鹿な。どうして河合さまの名が。円尾屋から運び込まれたとき、そんなものはなかった。わしはちゃんと確かめたんだ」

はっ、と由之助が口をつぐむ。だが、もはやあとの祭りだった。

松盛が由之助をにらみつけた。

「今の言葉、聞き逃せぬ。縄を打て」

同心に鋭く命じた。

「はっ」

二人の同心に由之助は身動きができないほど、がっちりと縛めをされた。

庭に引き出された由之助が力なくうなだれる。

「どうして」

口がそう動いた。

哀れだったが、俊介に由之助をはめた後悔は一切なかった。

七

次は、五人の賊の居場所である。

引っ立てられた町奉行所において、由之助は賊のことなどまったく知らないと、頑としていい張っているそうだ。

嘘はついておらぬな、と都倉屋の座敷に座り込んで俊介は思った。自分の破滅が決まったのに、今さら賊どもをかばう必要などないからだ。

俊介の脳裏には、一人の男が浮かんでいる。品のない八の字眉に厚いまぶた、細くて泥のように濁っている目、薄い上下の唇。悪業を一杯に詰め込んだ顔貌である。

輿石西太夫が仙石屋とつるんで悪事を行ったのは、厳然たる事実であろう。すべての黒幕といってよいのではないか。

江戸からやってきた五人組も、西太夫が手配りしたのかもしれない。道臣とともに江戸に何度も足を運んでいるそうで、そのときに犯罪に手を染めている者どもと知り合うことになったことは否定できない。

ただし、由之助は、西太夫とのつながりに関して、まったく口にしていないそうである。西太夫をこのままかばい続ければ、道臣が亡き者にされたとき、一転、無実の身となるかもしれない期待があるからに相違あるまい。

となると、と俊介は思った。由之助が賊どもの居場所を知っているかもしれぬことは十分に考えられる。賊が道臣を殺すことだけが、今のところ助かるための唯一の道だからだ。

やはり由之助は嘘をついているのだろうか。拷問にかければ、賊の居場所を吐くのだろうか。

とにかく、いま自分たちがすべきことは、五人の賊を一刻も早く捕らえてしまうことだ。賊どもが白状すれば、西太夫も言い逃れはできまい。

やつらはどこにひそんでいるのか。

あらためて俊介は考えた。

今も道臣を狙い、牙を研いでいるのは疑いようがない。

牢奉行の常陰段造を亡き者にして揚屋をあとにしたやつらは、どこに向かったのか。

町奉行所の者や町人たちの目につかないところというと、どこなのか。

今のところ、仙石屋が町奉行所に捕まったことは、秘されている。西太夫を泳がせるためだ。仙石屋が捕らえられたことを西太夫が知らずにいれば、五人の賊があわてて動き出すことはないだろう。今も隠れ家にじっとして、機会をうかがっているのではないか。

捕物が早暁に行われたこともあり、仙石屋の近所に住まう者らも、由之助たちが捕まったことを知らずにいる。騒ぎに気づいた者はいるかもしれないが、起き抜けになにか騒動があった程度のことでしかないはずだ。

いくら秘密にしておいたとしても、仙石屋に異変があったことを西太夫は遅からず知るはずである。急がねばならない。

道臣の話では、西太夫は由之助の娘を妾《めかけ》としているとのことだった。

西太夫は自分の屋敷内に妾を入れているのだろうか。それとも、よそに囲っているのか。

なんとなくだが、風光明媚《めいび》な場所に妾宅《しょうたく》を構えているのではあるまいか。そんな気がした。もちろん、仙石屋に出させた金で建てたものだろう。

やつらはそこではないか。

「仁八郎、弥八」

立ち上がって二人を呼んだ。

「出かけるぞ」

「どこへでございましょう」

仁八郎がきく。

「河合どのの屋敷だ」

「俺もついてゆくのか」

弥八が意外そうにたずねる。

「そうだ。ちと頼み事ができるかもしれぬ」

伝兵衛とおきみは、いつものように都倉屋で留守番である。

今朝の出仕は見合わせて、道臣は屋敷にとどまっていた。

座敷で向かい合った俊介は、西太夫の妾宅のことを問うた。

「確か海のほうにござる。松林のそばで、潮風がとても気持ちよい場所だと以前、自慢しておりもうした」

「詳しい場所を存じているか」

「わかりもうす」

道臣は自慢の硯《すずり》で墨をすり、一枚の紙に地図をさらさらと描いた。俊介は手渡された地図をじっと見た。

「俊介さま、賊は妾宅におりますのか」

「俺はそうでないかとにらんでいる」

さようでござるか、と道臣が考え込む。

「俊介さまたちはこれから捕らえに行かれるのでございますな。それがしの家臣を加勢させてもよろしゅうございますか」

「賊どもにやられた家臣の無念を、家臣の手で晴らしたいのか」

「さようにございます」

俊介は仁八郎を見た。一度は炭焼小屋でわざとつかまったとはいえ、やつらがたいした腕前でないことを仁八郎は知っている。もし本物の猛者《もさ》であるなら、炭焼小屋で戦ったときに腕を見抜いたはずだ。どんなに隠そうとしたところで、仁八郎の目をごまかすことは決してできない。

「加勢があったほうが、それがしはありがたく存じます」

本当は仁八郎としては、一人で五人を相手にしたほうがやりやすいのだろう。だが、道臣の家臣たちの気持ちを慮《おもんぱか》ったにちがいない。

道臣の家臣はあとから追いかけるということで、俊介たちは先に河合屋敷を出た。南に進み、浜を目指す。

西国街道を横切ると、瀬戸内の海にぶつかった。地図によれば、目指す西太夫の妾宅は、今いる場所から西へ二町ほど行ったところになるはずだ。すでにだいぶ近づいている。

「あの松林でしょうか」

仁八郎がそっと指さす。一町ばかり先に、松林がこんもりとかたまっているところがある。建物の影などは木々にさえぎられて見えないが、妾宅を建てるのには、いかにもよさそうな場所だ。

俊介は地図に目を落とした。

「あそこだ。まちがいない。――弥八」

弥八が、なんだという顔を向けてくる。

「やつらがいるかどうか、調べてきてくれ」

「お安い御用だ」

いうや姿を消した。

「仁八郎、俺たちはそのあいだに支度をしよう」

俊介と仁八郎は股立《ももだち》を取り、襷《たすき》がけをし、鉢巻《はちまき》をした。最後に刀の目釘を確かめる。

「これでよし」

俊介は仁八郎とうなずき合った。いつでも妾宅に乗り込める態勢ができた。

足音を立たせることなく弥八が戻ってきた。

「どうであった」

弥八がかすかに笑みを浮かべて顎を引く。

「俊介さんの見込み通りだ。やつらはのんびりとしたものだ。河合さんをまた夜に襲撃するつもりか、横になっている者ばかりだ。眠ってはいないが、いかにも鋭気を養っているという感じだった。今なら俺一人だけでもやれるぞ」

自信たっぷりに笑う。

「妾はいるのか」

「おらぬ。五人以外、屋敷内に人けは感じられぬ」

「いいぞ。邪魔になる者はいないというわけだ。ここでやつらを捕らえてしまえば、輿石西太夫もいいわけできまい」

俊介はうしろを振り返った。あとは道臣の家臣が来ればよいが、まだ姿は見えない。

「弥八、妾宅を見張っていてくれ。なにか動きがあれば知らせてくれ」

「承知した」

弥八がすっと動く。あっという間に姿が見えなくなった。

「あっ、来たようでございます」

仁八郎が首を振り返らせていった。俊介も見た。道臣の顔が視野に入る。その背後に十五人ばかりの家臣がいるのが知れた。

「お待たせした」

道臣が頭を下げる。

「河合どの、すっかり支度はととのっているようだな」

家臣たちは俊介たちと同じ格好をしている。真夏の太陽のように目をぎらぎらさせていた。

「やつらは確かにいるぞ」

道臣が顔を輝かせる。

「さようでございますか」

「策はない。このまま正面から突っ込み、やつらを捕らえる。河合どの、承知か」

道臣が深く息を吸って吐く。

「承知いたしました」

「よし、まいるか」

音を立てることなく、俊介たちは松林に足を踏み入れた。名刹《めいさつ》を思わせる瀟《しょう》洒《しゃ》な建物が見えはじめる。

塀ではなく、まわりを生垣がめぐっている。東側に冠木門《かぶき》が設けられ、その先の手入れの行き届いた庭には枝折戸《しおりど》がしつらえられている。

弥八の姿は見えない。母屋《おもや》に忍び込んでいるのか。

冠木門の前に立ち、仁八郎が気配を嗅《か》ぐ。

「いいでしょう」

うなずいた仁八郎が押すと、冠木門が静かにひらいた。おそらく弥八が閂《かんぬき》を外したのだろう。これだけでも、弥八を連れてきた甲斐《かい》があったというものだ。

仁八郎を先頭に門をくぐり、静かに母屋に近づいていった。道臣たちも続いているが、顔がずいぶんかたい。河合屋敷では賊どもにさんざんにやられたというから、無理はないだろうが、もう少し肩の力を抜いたほうがいいのではないか。

しかし、ここまで来て声をかけるわけにもいかない。

南側の庭に出て、仁八郎が濡縁《ぬれえん》にそっと乗った。腰高障子《こしだかしょうじ》の向こう側の気配を探っている。刀を抜くや、体を一気に突進させた。腰高障子が吹っ飛び、畳に横倒しになる。

うおっ。あっ。そんな声が座敷から上がった。俊介の見覚えのある五人があわて立ち上がり、そばの四尺棒を手にした。

そのときには道臣の家臣たちも座敷に乗り込んでいたが、四尺棒を構えた五人を見て、勢いがわずかに鈍った。

深く踏み込んだ仁八郎が気合を込めて刀を振り上げる。手近にいた賊の四尺棒が絡め取られ、宙を飛ぶ。あっと声を上げた瞬間、賊は肘打ちを決められていた。

次の賊の四尺棒も同じ運命をたどった。賊は肩に峰打ちをもらい、力なく両膝をついた。

三人目は仁八郎に四尺棒を叩きつけようとしたが、あっさりとかわされ、柄頭で顔を殴りつけられ、四尺棒を取り落とした。

四人目は足を刀の峰で払われ、ぶざまに両手をついたところを首筋に手刀を見舞われた。

五人目は首領だった。四尺棒を突き出してきたが、逆に絡め取られそうになり、必死にこらえようとした。そこを腹に強烈な峰打ちを食らった。四尺棒が畳を転がる。

ほんの数瞬で五人が戦えなくなったところに河合家の家臣が殺到し、こっぴどく打擲《ちょうちゃく》した。賊たちから悲痛な声が上がる。

「やめい」

道臣が一喝《いっかつ》で、ようやく家臣たちの手が止まった。

五人の賊は白目をむき、畳に伸びていた。ぴくりともしないが、息絶えたわけではないのは、胸が上下していることからはっきりしている。

賊どもをさんざんに殴りつけて気が晴れたか、家臣たちはいかにも満足そうな顔を並べていた。

その様子を見て、俊介は大きく息をついた。これですべて解決に向かうのではないだろうか。

八

輿石西太夫は必死に言い逃れをしようとしたらしいが、賊が自分の妾宅にいては申し開きのしようがなかった。

道臣の話では、西太夫は切腹になるのではないか、ということだ。

斬首にされないだけましというところか。

とにかくこれで一件落着ということだ。

俊介は、姫路での騒ぎが終わり、さすがにほっとした。

「ところで俊介さま」

都倉屋の前で俊介は道臣に呼ばれた。

「なにかな」

「ちょっとこちらへ」

おせつをはじめとして、道には都倉屋の者たちも勢ぞろいしているが、道臣が脇の路地へ俊介を引っ張っていった。

「俊介さまは何者でございますか」

声をひそめてたずねてきた。

またきかれた、と俊介はあきれた。皆、どうして同じことを知りたがるのだろう。

俊介は咳払いした。

「河合どの、申し訳ないが、おのれの身分を告げる気はないのだ。すでにそのことは心に決めてしまっている」

道臣がにこりとする。そっと踏み出してきて、俊介の耳に言葉を吹き込んだ。

俊介はどきりとし、道臣を見た。

「図星にござったか」

道臣が胸をなで下ろす。

「それがしは俊介さまに会ったことはございませぬ。しかし、大名家の跡取りのお名と歳はたいてい覚えておりもうす。俊介という名を持つ二十歳前後のお方は、そうはいらっしゃいませぬ。俊介さまの場合、いろいろと噂も入ってきもうした。聡明でさわやかな男であると。ときに無鉄砲なことをされるとも聞いておりもうした」

「そうだったのか。俺の評判がそなたの耳に入っていたのか」

「はい。ここまで材料がそろえば、見当がつかぬはずがございませぬ」

俊介はため息を漏らした。

「いつ俺が真田の跡取りとわかったのだ」

「初めてお目にかかったときでございます」

「そうか。さすがだな」

道臣が目を細める。

「九州に行かれるということでございますが、道中、どうかお気をつけくださ
い」

「うむ、よくわかっている」

「これを」

道臣が、四角い醬油皿ほどの小さな硯を渡してきた。

「これはまたきれいな硯だな。こんなにきらきらして美しい硯は初めてだ」

「これはそれがしが収集した硯のなかでも、とても珍しいものにございます。まるで鏡のようでございましょう」

「顔がちゃんと映る」

「鏡は古来より邪気を払うといわれております。お守りになりましょう。是非とも旅のお供に加えてください」

「かたじけない。だが、本当によいのか」

「もちろんでございます。それがしの収集したものを、俊介さまが身につけてく

ださるというだけで、光栄でございます」

「では、いただいておく」

道臣が深く辞儀する。

「皆が待ちかねておりますから、戻りましょう」

俊介と道臣は都倉屋の前に戻った。

「ありがとうございました」

あるじの市之助が深々と頭を下げる。

「いや、こちらこそ助かった」

俊介たちは用心棒代として、過分の報酬をもらったのだ。ありがたいこと、この上なかった。

「俊介さま、またおいでくださいね」

おせつが涙目で俊介を見つめる。声がひどく震えている。

「うむ、また寄ろう」

「必ずでございますよ」

「必ずだ」

俊介は仁八郎に伝兵衛、おきみを見た。弥八はいつの間にか消えていた。どこからかこの様子を見ているのかもしれない。

「では、行こうか」

俊介たちは体をひるがえし、歩きはじめた。

「もうでれでれしちゃって」

おきみが小さな体をぶつけてくる。

「おきみ、焼いているのか」

「焼いてなんかいないわよ」

おきみが見上げてくる。

「ねえ、本当に帰りに寄るの」

「寄ったほうがよかろう。宿代も助かる」

「大名の跡取りがしみったれたこと、いわないの」

「おきみ、跡取りのことは口にしてはいかんぞ」

俊介はたしなめたが、おきみはいうことをきかない。

「俊介さん、誰もあたしたちの言葉なんか、聞いちゃいないわよ」

「そうはいってもな」

「おきみ坊、壁に耳あり、障子に目ありじゃ」

「どこにもそんなもの、ないでしょ」

前を行く仁八郎はなにもいわないが、にこにこと笑っているのはわかる。

ただし、鉄砲放ちはいまだあきらめていないはずだ。

それに、似鳥幹之丞のこともある。

決して油断はできぬ。

俊介は気持ちを引き締め直した。

辰之助、と今は亡き家臣に呼びかける。

必ずや仇は討つゆえ、今しばらく待っていてくれ。

この作品は徳間文庫のために書下されました。

徳間文庫

若殿八方破れ

姫路《ひめじ》の恨《うら》み木綿《もめん》

2012年7月15日 初刷

著者 鈴《すず》木《き》英《えい》治《じ》

発行者 岩渕徹

東京都港区芝大門二―二―二〒105―8055

発行所 株式会社徳間書店

電話 編集〇三(五四〇三)四三五〇 販売〇四八(四五一)五九六〇

振替 〇〇一四〇―〇―四四三九二

印刷 製本 図書印刷株式会社

ISBN978-4-19-893561-0 (乱丁、落丁本はお取りかえいたします)

徳間文庫の好評既刊

新兵衛捕物御用
水斬の剣
鈴木英治

受け継いできた同心の探索魂。この俺の郷で殺しとはなんと剛胆な

新兵衛捕物御用
夕霧の剣
鈴木英治

東海道にころがっていた二つの死体。殺しに慣れた者の仕業らしい

新兵衛捕物御用
白閃の剣
鈴木英治

大工殺しを探索する新兵衛が襲われた。裏の事情は遺恨か、密謀か

新兵衛捕物御用
暁の剣
鈴木英治

腕利き同心ゆえ危険が絶えない新兵衛は想い人と一緒になれるのか

若殿八方破れ
鈴木英治

寝込みを襲われたうえに忠臣が殺された。大名の跡取りが仇討旅に

若殿八方破れ
木曽の神隠し
鈴木英治

俊介一行は馬籠で狙撃された。先を急ぐが今度はおきみが姿を消す

徳間文庫の好評既刊

うぽっぽ同心十手綴り
かじけ鳥
坂岡 真

男手一つで育てあげた愛娘が恋をした。胸をよぎるのは哀切ばかり

うぽっぽ同心十手裁き
蓑《みの》虫《むし》
坂岡 真

長く行方知れずだった妻がふいに勘兵衛の許に戻り一年半が過ぎた

うぽっぽ同心十手裁き
まいまいつむろ
坂岡 真

幇間に落ち人を殺した元侍。その事情に同情すれど裁かねばならぬ

うぽっぽ同心十手裁き
狩り蜂
坂岡 真

死体の盆の窪に針で刺したような小さな穴。検屍役は殺しと睨むが

うぽっぽ同心十手裁き
ふくろ蜘蛛《ぐも》
坂岡 真

惚れた男をかばって火あぶりとなるおりくは牢屋敷で赤子を産んだ

うぽっぽ同心十手裁き
捨て蜻蛉《とんぼ》
坂岡 真

妻に贈る鼈甲櫛を買った勘兵衛だが譲ってくれと貧乏浪人が現れた